H.

JILL CIMENT

Schwerelos

JILL CIMENT

Schwerelos

Roman

Aus dem Amerikanischen
von Claudia Böttger

WOLFGANG KRÜGER VERLAG

Die amerikanische Originalausgabe erschien 1993
unter dem Titel ›The Law of Falling Bodies‹
im Verlag Poseidon Press, New York

Umschlaggestaltung: Buchholz / Hinsch / Hensinger
Satz: Wagner GmbH, Nördlingen
Druck und Einband: Clausen & Bosse, Leck
Printed in Germany 1994
ISBN 3-8105-0346-0

Gedruckt auf chlor- und säurefreiem Papier

Für Arnold und
in Erinnerung an Catherine Low

Ich möchte mich bei David Leavitt und bei Arnold Mesches
für ihre großzügigen Beiträge und häufiges Lesen bedanken.
Außerdem danke ich Bernard Cooper, Lesley Carsten und
Ann Patty für all ihre Hilfe und Unterstützung.

ERSTER TEIL

Das Gesetz des freien Falls

1

Als ich klein war, glaubte ich, daß die Atmosphären, die die Erde umgeben, eine zusätzliche Sphäre hätten. Es gab die blauschwarze Stratosphäre, die luftige und vom Wetter gegerbte Troposphäre und gerade unterhalb der Tischhöhe, wo ich lebte, eine Sphäre, von der ich niemandem erzählte – die Kindersphäre. Mein Physikverständnis, das ich mir aus der unorthodoxen Weltanschauung meiner Mutter zusammengesetzt hatte, zerbrach, als ich es während des Schulunterrichts anwandte. Nach Ansicht meiner Lehrer war nicht die Arithmetik für die finanziellen Probleme meiner Mutter verantwortlich, spiegelte nicht die Meteorologie ihre wechselnden Launen wider. Doch ohne diese Erklärungsmuster wurde die Welt zu einem uninteressanten Ort, und darüber hinaus hatte die Vorstellung, daß unabhängig davon, wie oft meine Mutter und ich umzogen, die Planetachse doch immer irgendwo in unserem Haus lag, etwas heimlich Fesselndes.

Wir lebten ganz allein in einem Wohnwagen aus Aluminium, den wir, bis Arthur in unsere Existenz rollte, mindestens einmal im Jahr an unser blaues Kabriolett hängten und fortbewegten, ein Flirren aus Wolken und Sonne, die sich in seiner aerodynamischen Form spiegelten. Wenn wir den Highway entlangbrausten, sah es manchmal so aus, als zögen wir an unserer verbeulten Stoßstange eine hauchdünne Scheibe des Himmels hinter uns her. Wir änderten ständig unsere Adresse, denn meiner Mutter zufolge waren sie alle hinter uns her – ihre Versandhauskunden, die Food and Drug Administration, sogar der Postminister (damals stellte ich mir darunter einen erfolgreichen Postboten mit Epauletten vor).

Meine Mutter verkaufte Aphrodisiaka. Ihr Geheimrezept wurde in Parfüm verdünnt, und wegen des durchdringenden Geruchs – einem Gemisch aus Pinien- und Blumenaerosol – vermutete ich, daß Aphrodisiaka eine Blumenart seien. Ich hatte gerade erst gelernt, die Welt in Pflanzen, Tiere, Mineralien und Gas aufzuteilen.

Meine Mutter ordnete ihre Kunden in drei Unterabteilungen ein, die meine Lehrer nicht erwähnt hatten, »die Häßlichen, die Lahmen und die Verrückten«. Sie warb für ihr Parfüm in der wöchentlichen Boulevardzeitung, auf der Rückseite mit dem Kleingedruckten.

Die Boulevardzeitungen faszinierten mich. Die Fotografien waren mit nichts in meiner Fibel zu vergleichen – ein unscharfer Schnappschuß einer Heizung, deren Rohrleitungen Beethovens verlorene Symphonien spielten, das Gesicht einer Frau mit und ohne Schnurrbart. *Menschliches Haar wächst 0.00000001 Meilen die Stunde. Meine Damen, Wunderwachs bietet die Lösung!* Die meisten Artikel waren mir unverständlich und mußten mir von meiner Mutter vorgelesen werden. »Stirbt einer Ihrer Lieben«, las meine Mutter vor, »verschenken Sie nicht sein Haustier, werfen Sie die Zimmerpflanze nicht hinaus! Wissenschaftler haben herausgefunden, daß die Seelen derer, die wir verloren haben, in weniger entwickelten Wesen gefangengehalten werden.«

Wenn ich nachts allein in meinem Aluminiumschlafzimmer lag, durch unser ständiges Umherziehen desorientiert, erschienen diese Bilder wie in einem Wirrwarr in meinem Kopf, bis eine Zimmerpflanze ihre Dornen mit Wachs entfernte und eine menschliche Seele, hinter dem Gitter eines Heizungsgerätes gefangengehalten, laut weinte und mich bei meinem Namen rief.

Ich hatte keine Phantasiefreunde. Meine Mutter vertrat die Theorie, daß meine Natur bereits im Schulalter mit allen moralischen Charakterzügen durchwoben war, über die sie verfügte. Ich war auf mich selbst gestellt. Die einzige Phantasie, der ich nachhing, war, daß die Stunden, die ich damit verbrachte, brav zu sein – indem ich meiner Mutter die Straßenkarten lesen half oder indem ich meinen Wortschatz mittels der Boulevardpresse vergrößerte –, von meinen ehemaligen Klassenlehrern zusammengerechnet wurden, denn es war ihr Nebenberuf, mittels Radiosendern, die sie mir während eines Mittagsschlafes in der Schule eingepflanzt hatten, einen Überblick über mein Leben zu behalten. Verglichen mit der Vorstellungskraft meiner Mutter, erschien mir meine eigene jedoch simpel.

Sie sagte, daß wir Millionärinnen werden würden. Sie sagte, das Vergangene sei das Vergangene. Jedesmal, wenn wir zu einem neuen Wohnwagenpark kamen, fing sie sofort damit an, unsere Leben umzubauen, indem sie mal hier ein schlechtes Jahr unterschlug, mal dort einen guten Monat hinzufügte, bis meine Erinnerungen sich um die wundersamen Sparren ihres Gerüsts rankten. Als ich zehn Jahre alt war, dachte ich, daß meine Mutter über die Grundprinzipien des Magnetismus verfügte. Wenn ich mich zwischen den unbekannten Wohnwagen verirrte, brauchte ich mich nur von dem nächsten Spektakel anziehen zu lassen – eine Auseinandersetzung über die Miete, ein Streit um einen Parkplatz: stets stand meine Mutter im Mittelpunkt. Wenn wir nachts zu den Sternen hochblickten, nachdem wir in der Boulevardpresse über fliegende Untertassen gelesen hatten, sah sie in jedem eigenartigen Lichtgebilde am Himmel eine mögliche Erscheinung. Wenn ich von der Schule nach Hause kam, stand sie häufig wie angewurzelt am Fenster und starrte ins All.

»Was hast du heute in der Schule gemacht?«

Ich erklärte ihr, daß wir Wachsstifte bekommen hätten und aufgefordert worden seien, zu malen, wo wir am liebsten auf der Welt leben würden. Stolz hielt ich mein bemaltes Blatt mit einer anonymen Metropole in die Luft.

»Das ist sehr gut, Kim. Aber wo sind die Fenster? Wo sind die Türen? Es tut mir leid, aber ich kann da keine Skyline sehen.«

»Wie, meinst du, sieht es aus, Mami?«

»Wie mein Stimmungsbarometer.«

Im Laufe unserer Reisen besuchte ich zwölf Grundschulen und zwei Realschulen. Wir lebten in dreizehn verschiedenen Wohnwagenparks. Wir reisten über neunzigtausend Meilen. Ich hoffte, daß, wenn die Zahlen auf dem Kilometerzähler unseres Autos wieder null erreichten, unser Leben von neuem anfangen würde. Laut der Boulevardpresse waren solche Dinge möglich: wenn es in deinem jetzigen Leben nicht klappt, wenn dein Herz versagt oder deine Zellen zu explodieren anfangen, läßt du dich schnell einfrieren und in einer besseren Welt wieder auftauen.

»Mensch, mir wäre es ganz recht, wenn ich mich eine Weile einfrieren lassen könnte, bis man uns im Postministerium aus den Augen verliert«, sagte meine Mutter. »Du bist jetzt in der neunten Klasse, Kim – was ist ein Verjährungsstatut?«

Ich dachte, sie hätte »Verjährungsstatue« gesagt, und ich versuchte mir vorzustellen, wie die aussehen könnte. Die einzigen Skulpturen, die ich gesehen hatte, waren Dinosaurier in einem Diorama. Die einzigen Kunstobjekte, die ich kannte, waren Gemälde vom Himmel, wie sie in Motels hingen. Und deshalb stellte ich mir eine Tonnachbildung meiner Mutter vor, überlebensgroß, die unser blaues Kabriolett auf einen knallbunt gemalten und vollkommen trügerischen Sonnenuntergang zusteuerte.

Nur zweimal in all den Jahren schwankte mein Bild von meiner Mutter. Das erste Mal, als wir auf einem verlassenen Highway entlangrollten und unser Reifen platzte. Meine Mutter stellte den Motor ab.

»Ich hoffe nur, daß deine Radiosender heute nacht arbeiten, Kleines. Hoffen wir, daß deine Lehrer am Ball sind.«

Dann lehnte sie ihre Stirn gegen das Lenkrad.

Ich sagte nichts.

Um die unerträgliche Stille zu unterbrechen und uns in Sicherheit zu bringen, schaltete meine Mutter nach einem Augenblick die Zündung ein. Das Armaturenbrett leuchtete in bernsteinfarbenem Leben auf. Die Scheibenwischer, die in trägen Bogen über die schmierigen Windschutzscheiben fuhren, ließen die Sterne wie schimmernde Prismen erscheinen.

»Ich habe niemanden«, sagte sie, »niemanden, der über mich wacht.«

Wie man sieht, war es unumgänglich, daß meine Mutter weiterhin die fettigen Schlieren auf unserer Windschutzscheibe mit einer Art entferntem Regenbogen verwechselte.

Das zweite Mal standen wir in einer Schlange unter der blauen Decke des Arcadia Postamts und klebten Briefmarken auf ihre Parfümsendungen. Meine Mutter schaute hinüber zu der Pinnwand mit den Plakaten von Personen, die polizeilich gesucht wurden, und bemerkte: »Weißt du, bald werden wir hier mein Bild sehen. Wie werden sie mich wohl beschreiben? Haar: messingfarben. Augen: rot. Wurde zuletzt gesehen, wie sie in einem blauen Kabriolett nirgendwohin fuhr.«

Plötzlich begann ich zu weinen. Am Schalter drehten sich ein älterer Farmer und sein adamsapfliger Sohn um und starrten uns an.

»Bitte ... bitte, weine nicht, Schatz«, murmelte meine Mutter und tupfte meine Tränen sanft mit ihrem Ärmel ab. »Ich habe nur einen Scherz gemacht.«

Ich konnte nicht aufhören. Mir war endlich klargeworden, daß meine Mutter unerwünscht war und von niemandem gesucht werden würde, und wenn ich nicht schnell etwas unternahm, wäre die einzige Zelle, in der sie landete, die Einzelhaft ihrer Illusionen.

Ungefähr sechs Monate später gerieten wir eines Nachts in einen furchtbaren Gewittersturm in den Bergen über Los Angeles. Die Straße verwandelte sich in ein blitzblaues Zittern, und Donner prallte an den Wänden der Canyons ab. Jedesmal, wenn meine Mutter durch atmosphärische Turbulenzen fuhr, erlebte sie Halluzinationen. Wir wichen einer armlosen Erscheinung aus – sie entpuppte sich als tropfender Hydrant. Sie bremste wegen eines fliegenden Skeletts im Reifrock – es verwandelte sich in einen entflogenen Regenschirm. Dann rollte Arthurs schwarzer Packard aus seiner Auffahrt und in unser Leben. Sein Auto war kein Gespenst. Wir stießen zusammen.

Es gibt zwei Gesetze, die erklären, was mit einem Gegenstand passiert, wenn er frei und ungehindert fällt. Diese werden die Gesetze des freien Falls genannt. Das erste Gesetz besagt, daß unter dem Einfluß der Erdanziehungskraft alle Körper mit der gleichen Geschwindigkeit, unabhängig von ihrem Gewicht oder ihrer Größe, fallen. Das zweite Gesetz besagt, daß in einem luftleeren Raum der Fall des Körpers weder von seiner Dichte noch von seiner Form beeinflußt wird. Folglich werden eine einhundertdreißig Pfund schwere Frau und ein fünfundneunzig Pfund schweres fünfzehneinhalbjähriges Mädchen zur gleichen Zeit auf den Boden fallen, wenn sie ihren Fall in einem vollkommenen Vakuum gemacht haben.

Meine Mutter und ich landeten im nassen Gras, Straßenkarten flogen um uns herum wie aufgescheuchtes Geflügel. Das Kabriolett stand tief im Gebüsch, seine Türen geöffnet, seine schwarzweißen Reifen drehten sich sinnlos weiter. Unser Wohnwagen stand in Schräglage auf dem Bordstein, sein aerodynamisches Ende war fürchterlich eingedrückt.

Ich setzte mich aufrecht hin.

Ein paar Fuß entfernt kam in einem Wirbelwind von Dreck, Chrom, Gummi und Regen Arthurs Packard schleudernd zum Stillstand, und er stolperte ins Freie, seine hochgewachsene, dunkelhaarige Figur schwankte ein bißchen, bevor er neben uns in den durchweichten Rasen sank. Sein Kinn hatte Schnittwunden, und er zitterte. Ein paar Minuten lang sagte niemand etwas. Die einzigen Geräusche waren ab und zu ein Donnerknall und unsere Autoradios, die den trommelnden Regen mit ihrem Knacken übertönten: seins spielte eine melodische Symphonie, unseres zischte und stritt sich mit einer Talk-Show, bei der die Hörer anrufen sollten: »Nachteulen, greift zum Telefon. Das Thema heute abend lautet Bombenschutzeinrichtungen. Würden Sie Ihren Nachbarn aufnehmen?«

Er rieb seine Augen, schaute mich an, blinzelte und starrte dann meine Mutter an. »Ist mit euch alles in Ordnung?« fragte er nervös.

Ich nickte, aber meine Mutter rührte sich nicht und sagte kein Wort. Ihr Mohairpullover war zerrissen, und einer ihrer Lederclogs fehlte. Umgeben von vom Wind aufgefächerten Straßenkarten, erschien mir ihr nackter, weißer Fuß als der stillste, blasseste Punkt auf Erden.

»Bleib ruhig sitzen und paß auf, daß sie sich nicht bewegt«, sagte er. »Ich bin gleich wieder da.« Er löste seinen Blick von ihr und zeigte auf das gelbe Verandalicht unter einem zitternden Eukalyptus. »Ich gehe nur kurz nach Hause, um die Polizei zu rufen.«

»Wirklich«, sagte meine Mutter, »das wird nicht nötig sein.«

Sie suchte nach meiner Hand. Sie setzte sich langsam auf. Benommen schaute sie sich um, eher überrascht als verängstigt. Dann berührte sie mit grasbefleckten Fingern die blaurote Beule, die auf ihrer Stirn anschwoll.

Arthur schälte sich aus seinem Regenmantel und bedeckte meine Mutter mit seinen glänzenden Falten. »Wie heißen Sie?« fragte er.

Ihre blauen Augen starrten zu ihm hoch, ohne ihn zu sehen, und wanderten dann zu mir. Einen Augenblick lang klärte sich ihr konfuser Blick. »Gloria«, sagte sie weich.

»Wissen Sie, was passiert ist, Gloria? Wissen Sie, wo Sie sind?«

Ihr Blick sank zurück in ein sumpfiges Durcheinander. Sie schüttelte den Kopf.

Arthur holte tief Luft. »Gloria, können Sie mir sagen, welchen Wochentag wir haben? Wer ist unser Präsident?«

Für meine Mutter war Zeit dehnbar. Wir hatten keine feste Anschrift, an die man uns Wahlunterlagen schicken könnte.

»Fragen Sie mich, wer der Postminister ist«, schlug sie vor.

Arthur drehte seinen Kopf sehr langsam zur Seite und schaute mich an, seine großen blauschwarzen Augen füllten sich mit wilder Furcht. »Ich denke, wir sollten Gloria ins Krankenhaus bringen«, sagte er. Dann bemerkte er die Abschürfungen an meinem linken Knie und sagte: »Ist dir wirklich nichts passiert?« Ich sagte, es sei nichts. Wir beide beugten uns über meine Mutter. »Gloria«, sagte er, »glauben Sie, Sie können bis zu meinem Auto gehen?«

Meine Mutter sagte, sie könne gehen, aber daß sie nicht ins Krankenhaus gehen würde. Sie wollte unser Auto aus dem Gebüsch holen. Sie sagte, wenn sie nur einmal tief Luft holen und ihren anderen Schuh finden könnte, wolle sie wieder auf den Highway zurück und bei Morgendämmerung in Indio sein.

Ihr Gesicht sah blutleer aus.

Offensichtlich hatte meine Mutter nicht die Katastrophe des Unfalls begriffen, und ich fror so, war so benommen, naß und verängstigt, daß ich nur noch nach Hause wollte.

Ich bat Arthur, mir zu helfen, meine Mutter aus dem Regen in unseren Wohnwagen zu bringen.

Er starrte das verbogene Aluminium auf dem Bordstein an, sein gelbes Verandalicht, dann wieder unseren Wohnwagen. Welche Wahl hatte er wirklich? Mit sanftem Überreden und festem Griff stellte er uns auf unsere Füße und, den hängenden Arm meiner Mutter um seinen Hals legend, brachte er uns halb führend, halb tragend über den rutschigen Rasen in sein Haus.

Es gab eine puderblaue Diele und ein weinfarbenes Wohnzimmer mit Bambusrollos, mit Möbeln aus Hawaii und einem Kaffeetisch aus versteinertem Holz, auf dem drei grelle rotblaue *Life*-Magazine sehr sorgfältig aufgefächert lagen. Meine Mutter und ich ließen uns auf ein Sofa fallen. Arthur eilte in die Küche und kam mit einem Eisbeutel für die Beule meiner Mutter zurück.

War sie sich sicher, daß sie ihre Meinung bezüglich des Krankenhauses nicht ändern wollte?

Sie war sich sicher.

Er bat mich, sie im Auge zu behalten, während er schnell einen Anruf machte.

Meine Mutter schaute unter ihrem frostigen Beutel hervor und wollte wissen, wen er anriefe.

Einen befreundeten Arzt, um sicherzustellen, daß er richtig vorgehe.

Es war genau acht Minuten nach zwei auf den Messingzeigern der Wanduhr, die die Form eines Sonnenaufgangs hatte. Einen Augenblick lang schloß ich meine Augen und ruhte meinen

Kopf auf der Schulter meiner Mutter aus. Draußen klapperte etwas Lautes und Metallisches – ein Abfalleimerdeckel? eine unserer Radkappen? – auf dem Asphalt.

Arthur kam mit einem Erste-Hilfe-Kasten und einer hastig gekritzelten Liste zurück und setzte sich neben uns. »Gloria«, sagte er, »ist Ihnen übel? Glauben Sie, daß Sie sich übergeben müssen?«

Meine Mutter legte ihren Kopf auf die Seite und dachte einen Moment lang nach. Im Gegenteil; sie glaubte, daß sie hungrig sei.

Arthurs Gesicht entspannte sich. Anscheinend war dies ein gutes Zeichen. Er bereitete uns einen warmen Tee und gab uns beiden je zwei Aspirin. Meine Mutter und ich begannen von Kopf bis Fuß zu zittern. Er schenkte uns einen Schuß Brandy aus einer Karaffe ein. Meine Mutter kippte ihren runter und leckte die letzten Tropfen mit ihrer Zungenspitze aus dem Schnapsgläschen. Er brachte uns Decken und Handtücher und half uns aus unseren durchweichten Jacken. Er schien ein Dutzend Hände zu haben, um den Erste-Hilfe-Kasten zu öffnen, die Wunde auf meinem Knie zu behandeln, unter den Eisbeutel zu blicken, um zu prüfen, ob die Beule so geblieben wäre. Er fragte sie immer wieder, ob ihr schwindlig sei. Seine Schritte waren unsicher, seine Augen rot umrändert, sein zerzaustes schwarzes Haar war mit Regentropfen wie mit Edelsteinen besetzt. Auf einmal hielt er inne, rieb seine Augen mit seiner Faust, holte tief Atem und sank neben uns beiden auf das Sofa. Ein paar Minuten blieb er da einfach sitzen, den Kopf in den Händen. Meine Mutter und ich schauten einander an, dann starrten wir geradeaus: sie auf die im Eisbeutel schwebenden blauen Blasen, ich auf die durch die neblige Fensterscheibe sichtbaren Phantomautomobile.

»Es tut mir leid«, sagte er endlich, »so sehr leid.«

Er erzählte uns, daß er unser Auto nicht hatte kommen sehen.

»Es tauchte einfach auf. Aus dem Nichts. Riesig. In meiner Windschutzscheibe. Ich versuchte zu bremsen, aber es war alles wie ein verrückter Traum – das Pedal, die Hupe, nichts war da, wo es sein sollte. Wenn ich nur –«

Er beugte seinen Kopf und beruhigte sich. Sollte er irgend jemanden heute nacht anrufen? Verwandte? Freunde? Erwartete uns jemand?

Meine Mutter und ich hatten niemanden, aber ich wollte ihm nicht das Gefühl vermitteln, daß uns niemand vermißte, und deshalb sagte ich ihm, ich würde Tante – ich schaute mich im Zimmer nach einer Eingebung um: Eddie Fischer war auf dem Titelblatt vom *Life*-Magazine – Tante Liz am Morgen anrufen.

Die Augen meiner Mutter bewegten sich ein wenig nach links, starrten mich erstaunt an und schlossen sich daraufhin.

Er fand, in dem Fall sei es das Beste, wenn man meine Mutter jetzt schlafen ließe. Er könne sich denken, daß ich auch schlafen wollte.

Ich sagte, ich sei erschöpft.

Wortlos ging er ins Schlafzimmer, ich konnte am Quietschen der Federn und dem Rascheln der Laken hören, daß er die Bettwäsche auswechselte. »Gloria«, sagte er und half meiner Mutter, die mit Teppich ausgelegte Treppe hinaufzusteigen und sich auf seine übergroße Matratze zu legen, »machen Sie sich bitte heute nacht um nichts Sorgen. Ich bin im anderen Zimmer, wenn Sie oder Kim etwas brauchen.«

Er deckte sie mit einer Patchworkdecke zu. »Morgen früh werden wir schon alles regeln. Was wir mit den Autos machen sollen, dem Arzt. Wir können all die praktischen –«

Der ganze Bettrahmen wurde vom Gähnen meiner Mutter geschüttelt.

»Das ist jetzt auch nicht wichtig«, sagte Arthur.

Er warf eine zusätzliche Wolldecke über das wagenradgeformte Bettende und gab mir ein Zeichen, ihm in die Diele zu folgen.

Ich entschuldigte mich für die Unordnung: Meine Mutter und ich hatten beide nasse Abdrücke auf seinen Sofakissen hinterlassen. Er sagte, das mache nichts. Das Wichtigste sei, daß meiner Mutter und mir nichts passiert wäre.

Sein Kopf war an den Türpfosten gelehnt, seine Hände hingen an den Seiten herab. Er trug sandbraune Hosen und schwarze Schuhe. Er war Mitte Vierzig und sehr gutaussehend, er glich fast der Statue eines Indianers in einem Zigarrenladen. »Hör zu«, sagte er, »deine Mutter schläft wahrscheinlich die Nacht durch, aber« – seine Stimme wurde leiser, »wenn sie aufwacht oder sich in irgendeiner Weise eigenartig benimmt, solltest du mich sofort aufwecken.«

Ich sollte auf die folgenden Anzeichen achten: Schwindelgefühle, Stimmungsveränderungen, Halluzinationen.

»Meinst du, du bist in Ordnung?«

Ich dachte, ja.

Ich ging in das Zimmer zurück, und er schloß die Tür leise hinter mir.

»Kim?« rief meine Mutter zärtlich.

Ich setzte mich neben sie.

»Kann ich ein Glas Wasser haben?«

Ich holte ihr ein Glas Wasser; sie trank es aus, fiel auf die Kissen zurück und schlief sofort ein.

Ich kroch neben ihr unter die Decke.

Irgendwann vor Sonnenaufgang, als ich mich im Schlaf rührte, stellte ich fest, daß sie aufrecht im Bett saß, dieser Welt ganz entrückt. Der Regen hatte aufgehört, und alles war sehr still und leise und dunkel, mit Ausnahme des getupften Mondlichts, das durch die Bambusrollos fiel.

Sie wollte wissen, wo sie war.

Ich sagte es ihr.

Sie wollte wissen, was passiert war und warum sie solche Kopfschmerzen habe.

Ich erklärte es ihr.

Sie wollte wissen, wann wir abfahren würden.

Mittags, log ich.

Dann überredete ich sie, sich wieder hinzulegen, und entfernte den Eisbeutel (jetzt nur eine ruhige blaue Lache in einem durchsichtigen Beutel), schüttelte ihr Kissen auf und breitete die Decke aus und holte ihr noch ein Glas Wasser. Ich wollte, daß sie sich in diesem großen Bett mit diesen unbekannten Laken, in diesem fremden Haus so wohl wie möglich fühlte, denn eigentlich gab es keinen anderen Ort, an den wir hätten gehen können.

2

Am nächsten Morgen erinnerte sich meine Mutter nicht, wo sie war oder was ich ihr erzählt hatte. Als sie ihre Augen öffnete, sah sie so aus, als erwache sie aus einer Narkose. Ihr Gesicht war blaß, ihr Blick glasig, und in der Nacht war ihre Beule blauschwarz angelaufen und auf die Größe einer Kinderfaust angeschwollen.

Ich ging zu Arthur. Er hatte die Nacht in seinem Arbeitszimmer verbracht, in einen Lehnstuhl gezwängt, seine langen Beine auf einem Kniekissen, eine Leselampe brannte neben ihm.

Ich ging über den Teppich und rüttelte ihn behutsam wach.

Einen Augenblick lang schien auch er nicht zu wissen, wo er war und wer ihn ins Tageslicht zurückholte.

Dann ging er an unser Bett, untersuchte die Beule meiner Mutter und rief den befreundeten Arzt an. Als dieser ankam, war meine Mutter wieder ohnmächtig geworden, eine rosafarbene Hand schützte ihre Augen vor dem Mittagslicht. Der Freund, ein Mann mit den Hängebacken einer Bulldogge und in karierten Hosen, warf einen Blick auf ihre dunkle Quetschung und öffnete seine schwarze Tasche.

Meine Mutter hob ihren verletzten Kopf. Sie sagte, sie wolle nicht untersucht werden.

Als der Arzt es endlich schaffte, daß sie aufrecht saß, die kalte Muschel seines Stethoskops unter ihr linkes Schulterblatt haltend, sagte sie, es sei nicht notwendig. Als er sie bat, hoch und runter zu schauen, nach links und rechts, den Strahl seines Kugelschreiberlichts auf ihren glasigen Blick richtete, sagte sie, daß sie sich ganz in Ordnung fühle. Sie fummelte herum, während er ihre Reflexe untersuchte, und sie wich allen Fragen bezüglich ihrer Krankengeschichte aus. Aber als er sie bat, ihre Arme auszubreiten, und sie nicht die Spitze ihrer Nase mit irgendeinem ihrer Finger mit den abgekauten Nägeln berühren konnte – egal, wie sehr sie sich auch konzentierte –, sah ich einen Ausdruck nackter Angst auf ihrem Gesicht.

Mit einem liebevollen Schulterklopfen erklärte ihr der Arzt, daß sie eine Gehirnerschütterung habe und daß er leider nichts anderes für sie tun könne, außer ihr vollkommene Bettruhe zu verordnen.

Meine Mutter stieß einen tiefen Seufzer aus. Sie wollte wissen, für wie lange.

Der Arzt zuckte mit den Schultern. So etwas könne dauern.

Sie wollte Daten. Sie wollte, daß er genaue Angaben machte.

»Gloria«, sagte er und setzte sich neben sie. Hatte sie etwas dagegen, daß er sie Gloria nannte?

Meine Mutter sagte, sie habe nichts dagegen.

»Ich muß mit Ihnen ganz ehrlich sein, Gloria. Bei dieser Art von Gehirnerschütterung, die durch eine eher starke Quetschung kompliziert wird« – er tastete nochmals ihre verletzte Stirn ab –, »wird es mindestens zwei oder drei Wochen dauern. Es tut mir leid. Ich wünschte, ich hätte bessere Nachrichten für Sie.«

Als nächstes bat er, daß ich mich setzte, und führte die gleichen Untersuchungen an mir durch. Mein Ergebnis war gut. Er tätschelte meinen Kopf und sagte, daß ich mich ein oder zwei Tage lang nicht überanstrengen und bei auftretendem Schmerz etwas Eis auf mein abgeschürftes Knie legen solle.

Dann machte er seine schwarze Tasche zu, und Arthur am Arm nehmend, führte er ihn hinter die geschlossenen Arbeitszimmertüren, wo er ihn laut dafür rügte, daß er uns letzte Nacht nicht direkt in ein Krankenhaus eingeliefert, uns den Händen von Spezialisten übergegeben habe und sich somit nicht – wie sollte er es nennen? – in diese unglückselige, aber auch lächerliche Situation gebracht hätte. Was um Gottes willen hatte Arthur mit uns vor?

Ich wandte mich an meine Mutter, aber sie war schon wieder schwächer geworden, ihr blasser Arm lag ausgestreckt auf der Decke.

Einen Augenblick später erschien Arthur im Zimmer und fragte mich, ob ich jetzt meine Tante oder irgend jemand anderen anrufen wollte.

Ich erwiderte, wir hätten niemand anderen.

Er blickte auf meine geschwächte Mutter hinunter. Ich könne das Telefon in seinem Arbeitszimmer benutzen.

Ich setzte mich auf seinen Schreibtisch aus Walnußholz, meine Füße, die in Socken steckten, stellte ich auf den Drehstuhl. Einen Augenblick blieb Arthur im Schatten stehen, er hörte nicht mit, aber er brannte darauf, zu hören und zu erfahren, daß Tante Liz ihn entlasten würde.

Ich nahm den Hörer ab (blickte in seinen Atlas: Von Alaska bis Zululand), tat so, als ob ich ein Gespräch mit einer Vermittlung für Ferngespräche führte – in Fairbanks – (Arthurs Gesicht wurde länger), wartete ein paar Sekunden, sprach ein warmes Hallo und versicherte dem Signalton, daß es meiner Mutter und mir gutginge.

Dann ging ich zurück zu meiner Mutter, legte mich auf die Decke neben sie und meine Hand an ihre Wange.

Nach ungefähr zwanzig Minuten kam Arthur herein, zwei Tabletts mit Abendessen tragend. Er setzte sie auf den Ahornnachttischen ab und zog einen Stuhl heran. Er sprach nicht darüber, daß wir gehen sollten. Er sprach nicht darüber, daß wir sein Bett in Beschlag genommen hätten. Er saß einfach nur da mit uns und ging die Vorbereitungen durch, die er getroffen hatte, um unseren Wohnwagen und unser Auto reparieren zu lassen, während ich schweigend meine Suppe und meine Eier verzehrte (meine Mutter war zu müde, um ihre anzurühren). Und als sie wieder ohnmächtig wurde, ihr Gesicht in der Armbeuge vergraben, konnte man sehen, daß er mir unbedingt etwas Beruhigendes sagen wollte. Er hob ihre Papierserviette vom Fußboden auf; er fing an zu sprechen, schüttelte dann aber nur seinen Kopf.

Auf den weißen Oberflächen der Tabletts mit dem Abendessen waren Szenen aus dem Pionierleben abgebildet – eine Holzhütte, eine Feuerstelle, ein Indianer, die Prärie –, und um das lange Schweigen in dem schnell schwächer werdenden Tageslicht zu füllen, während ich den Rest meiner Suppe auslöffelte, sprachen er und ich über das Leben in der Prärie. Er zeigte auf den Kachelofen und sagte, daß sein Urgroßvater genau so einen gebaut hätte. Ich zeigte auf die Prärie und dachte darüber nach, wie es wohl da draußen gewesen sein mußte, im Niemandsland, von Gefahr und Staub umgeben.

Sobald meine Mutter und ich an dem Abend wieder allein waren, versuchte ich mit ihr zu sprechen und herauszufinden, was jetzt mit uns geschehen würde. Ich fragte sie, ob sie glaubte, daß Arthur uns vielleicht eine Zeitlang hierbleiben ließe. Ich wollte wissen, wohin wir gehen würden, wenn er es nicht täte.

Die Lichter gingen aus, und nur der blasse Bogen einer Straßenlampe drang durch die Dunkelheit. Meine Mutter lag zusammengerollt auf der Seite (meine Wange lag auf dem Kissen neben ihr), und jedesmal, wenn sie anfing, ihre Augen zu schließen, stieß ich ihr sanft gegen die Schultern, um ihr nicht weh zu tun, zog an ihrem Ärmel und versuchte, sie aus ihrer Trägheit zurückzuholen. Ich wollte, daß sie mit mir sprach.

Einmal versuchte sie, sich aufzusetzen und, sich an meine Schulter anlehnend, mich zu umarmen und zu trösten, aber ich konnte sogar in diesem fahlen Licht sehen, daß sie viele Meilen weit entfernt war.

Ich legte ihren Kopf wieder auf die Kissen. Ich ließ sie wegdämmern. Dann saß ich, wie mir schien, stundenlang da, benommen von meiner Einsamkeit, und starrte auf mein aufgeschürftes Knie (zwei rote Striemen formten einen lila Isthmus zwischen sich). Um zwei konnte ich es nicht mehr ertragen, weiter dazusitzen. Ich zog meine Leggings an und ging in den Flur hinaus und setzte mich auf die Stufen, die mit Teppich belegt waren. Ich mußte irgendein Geräusch gemacht haben, denn einen Moment später erschien Arthur oben an der Treppe und knotete seinen karierten Morgenmantel zu.

»Ich konnte nicht schlafen«, erklärte ich schnell.

»Ich auch nicht«, sagte er.

Aber man konnte sehen, daß er gerade erst aufgewacht war; sein Haar war zerzaust, und als er die Stufen herunterkam, ging er mit unsicheren Schritten, wie jemand, der immer noch auf dem Gummifußboden des Schlafes herumtritt.

Er setzte sich einige Stufen oberhalb von mir hin, und zusammen starrten wir in das dunkle Wohnzimmer. Ein Flugzeug dröhnte über uns, und irgendwo ein paar Häuser weiter konnte ich das Klappern eines Abfalleimerdeckels hören, der zugemacht wurde, gefolgt von dem Klirren einer Kette, mit der er am Eimer befestigt war.

Arthur tat so, als blickte er aus dem Fenster, aber ich sah, wie er versuchte, wach zu werden, indem er sich mit dem Handrücken die Augen rieb.

»Kim, hast du Hunger?«

»Eigentlich nicht.«

»Etwas Tee?«

Ich sagte, daß sich das gut anhörte, und folgte ihm in die gelbgestrichene, hell erleuchtete Küche. Es gab ein Erkerfenster und eine eingebaute Eßecke mit Abermillionen von Puzzleteilen, die auf ihrer Formicaoberfläche ausgebreitet waren: Blätter und Ziegel und Formen, die entweder schiefergrauer Himmel oder Wasser waren.

Ich setzte mich hin, einen bestrumpften Fuß unter mich geschlagen, und versuchte festzustellen, ob ich von hier aus unseren Wohnwagen sehen konnte, aber da das Licht an war, waren die Fensterscheiben so undurchsichtig wie spiegelnde Bleche.

Ich starrte auf die Puzzleteile.

»Weißt du«, sagte Arthur und brachte unsere Teetassen herüber, »Puzzles sind eines der besten Heilmittel gegen Schlaflosigkeit, die ich kenne, Kim.«

Und wir besprachen einen Augenblick lang die verschiedenen Arten, Schlaflosigkeit zu bekämpfen – Arthur sagte, seine verstorbene Frau habe eine Mischung aus warmer Milch und Aspirin getrunken, die sie sofort einschlafen ließ, während er es vorzog, nach unten zu gehen und Solitaire zu spielen oder mit einem Puzzle herumzufummeln. Ich sagte, ich hätte irgendwo etwas über eine Methode gelesen (ich erwähnte nicht die Boulevardzeitungen), in der jemand, der an Schlaflosigkeit leidet, sich vorstellt, auf einer dritten Seite zu schlafen, nachdem er bereits zwei ausprobiert hat, und dies brachte Arthur zum Lachen. Wenn er lachte, schloß er die Augen, und eine winzige Vene an seiner Schläfe begann zu ticken.

Dann verfielen wir wieder in Schweigen, und Arthur blies auf die Oberfläche seines Tees, wie ich es tat, und zusammen beugten wir unsere Köpfe über das Chaos der Formen: ohne es zu besprechen oder aufzuteilen, nahm er den Himmel, ich die Ziegel und die Blätter.

Aber ich war sehr schnell wieder niedergeschlagen: Ich konnte mich nicht konzentrieren. Ich sagte, ich würde mir den Wohnwagen angucken, ging ans Fenster und hielt mein Auge gegen die kalte Scheibe.

In diesem Moment tat er etwas sehr Nettes: Er machte alle Küchenlichter aus, so daß ich meinen Wohnwagen deutlich sehen konnte, und dann setzte er sich neben mich auf das Fensterbrett. Ich hielt immer noch ein Teilchen mit Blättern, er ein Stückchen Himmel, das er wie einen Keks auf den Rand seiner Untertasse legte.

»Weißt du, es sieht wirklich nicht so schlimm aus«, sagte er.

Das eingebeulte Ende des Wohnwagens war uns zugewandt; ich fand, es sähe aus, als sei es nicht mehr zu retten.

Ich sagte nichts.

Er starrte tief in seine Teetasse: Man konnte genau sehen, daß er nicht wußte, was er als nächstes machen oder sagen sollte.

»Es ist Vollmond«, sagte er endlich.

Ich sagte, es sähe so aus, dann blickte ich hoch, vorbei an gelben Straßenlampen, über Ziegeldächer, durch Fernsehantennen, aber ich konnte den Mond nirgendwo finden.

»Dort«, sagte er und zeigte nach draußen, und seine Fingerkuppe verdunkelte den Mond, den ich nicht gesehen hatte, und wir saßen und betrachteten seine Spiegelung im Krater des Wohnwagens, wo er sich in den Beulen und Dellen in allen seinen Phasen auf einmal zeigte – als Scheibe, zunehmend, viertel und voll.

»Kim, ich glaube, es ist am besten, wenn du und deine Mutter eine Zeitlang hierbleibt, bis sie wieder auf die Füße kommt.«

Ich fragte ihn, ob wir keine zu große Bürde seien.

»Wirklich, nach all dem, was ich verursacht habe? Bitte.« Er sah wieder in seine Teetasse. »Meinst du, dir geht es jetzt gut?« fragte er.

Ich sagte, ich nähme es an, und er machte das Licht wieder an. Wir waren beide ein bißchen benommen von der plötzlichen Helligkeit. Dann glitten wir wieder in die Eßecke, und Arthur zeigte mir ein Bild, wie das Puzzle einmal aussehen sollte – ein Backsteinhaus vor einem Hintergrund von Herbstlaub, das das letzte Tageslicht einfing, und er bat mich, ihm etwas über mich und meine Mutter zu erzählen.

Ich erzählte ihm, wo wir gewohnt hatten – in Arcadia, Crestline, Thousand Palms, Indian Springs, Oro Grande und auf einigen der kleinen Wohnwagenparks an der Route 99 (an deren Namen ich mich nicht erinnern konnte); und ich erklärte ihm, wohin wir letzte Nacht hatten fahren wollen – Indio; und ich beschrieb einige der großen Hoffnungen, die meine Mutter auf Indio gesetzt hatte. Dann öffnete ich mich sogar noch mehr und erzählte ihm ein wenig von ihrem Parfümgeschäft.

»Tatsächlich«, sagte er immer wieder, aber man konnte sehen, wie ihn die Müdigkeit wieder überfiel. Einmal schlief er mit dem Kinn in der aufgestützten Hand beinahe ein.

Ich drehte den einzigen Knopf an meiner Jacke. Ich sagte, er bräuchte nicht mit mir wach zu bleiben.

»Kim, ich habe nur meine Augen ausgeruht«, erwiderte er und schüttelte den Kopf. Und wir beugten uns noch einmal über das Puzzle.

Um drei Uhr morgens hatten wir das Dach gedeckt, und um vier war das leuchtend rote Haus in der Puzzlelandschaft sicher geortet, aber vielleicht ist dies auch nur ein Detail, das ich in späteren Jahren ausgeschmückt habe, denn was ich von jener Morgendämmerung erinnere, sehe ich immer noch mit großer Klarheit vor mir: der Himmel verändert sich von einem wäßrigen Violett über Jade zu Sepia und Pink, und Arthur sitzt bei mir, bis hinter einem der Nachbarhäuser langsam die Sonne auftaucht.

Das war am Samstag (wir alle schliefen den größten Teil des Nachmittags hinter sonnengetränkten heruntergezogenen Rollos durch). Am Sonntag erklärte Arthur meiner Mutter und mir, daß er unseren Wohnwagen ausladen müßte, so daß der Abschleppwagen ihn am Nachmittag abholen könnte, bevor er zur Arbeit zurückginge (er entwarf Flugzeugmotoren für Hughes

Aircraft). Ich wußte, daß sie nicht wollte, daß er allein hineinginge. Ich griff nach meiner Jacke, stopfte mein Nachthemd in den Hosenbund, streifte meine Badelatschen über und folgte ihm nach draußen.

»Kim, das ist nicht notwendig. Wenn du dich nicht danach fühlst ...«

Ich sagte, daß mein Knie gar nicht mehr weh täte.

Unser Wohnwagen, der die morgendlichen Sonnenstrahlen bündelte, strahlte auf dem Bordstein wie eine Sonne. Arthur zerrte die Fliegenschutztür auf und kletterte zuerst hinein. Ich zögerte einen Augenblick auf den Aluminiumstufen und schämte mich bei der Vorstellung, was er denken würde, wenn er sah, wie wir lebten.

Eine grüne Coca-Cola-Flasche war auf dem Küchenfußboden explodiert.

Die Schranktüren waren aufgesprungen, und einige unserer Texaco-Trinkgläser (Tanken Sie auf, und Sie bekommen ein Sektglas umsonst) waren auf den Regalen zersprungen. Im hinteren Ende waren unsere Zeitungsgardinen heruntergefallen, und unter der Schlafkoje, wo meine Mutter ihre Parfümflaschen verstaute, rollten ein halbes Dutzend Fläschchen herum.

Ich setzte mich in den Korbstuhl und wartete ab, ob Arthur irgend etwas sagen würde. Er blickte sich um, nahm die geschoßförmigen Zimmer in sich auf, die metallenen Wände, die zerbrochenen Gläser. Dann bückte er sich, hob ein violettfarbenes Fläschchen von den Parfüms meiner Mutter auf und studierte es neugierig.

»Also, dies muß das berühmte Parfüm sein, von dem du letzte Nacht gesprochen hast.«

Ganz ehrlich – was hätte er auch sonst sagen können? Den restlichen Tag arbeiteten wir Seite an Seite. Arthur mit hochgekrempelten Hemdsärmeln, unsere Habseligkeiten in sein Haus wuchtend, ich hinter ihm herlaufend mit einem Topf in der einen Hand, mit einem Morgenmantel in der anderen. Er wollte nicht, daß ich irgend etwas Schweres trug.

Manchmal, wenn er nicht hinschaute, versteckte ich schnell gestohlene Motelhandtücher, gemopste Küchenutensilien aus Restaurants unter den Hosen meiner Mutter oder in den Tiefen unseres khakifarbenen Matchbeutels. Als der Wohnwagen praktisch auseinandergenommen war und Arthur und ich erschöpft auf den letzten beiden Klappstühlen hingen, schlug er vor, daß ich nach oben gehen und etwas Zeit mit meiner Mutter verbringen sollte.

Ich trödelte einen Moment lang herum und fragte, ob ich ihm nicht zumindest helfen könnte, den restlichen Dreck zusammenzufegen.

»Kim, sie ist seit Mittag allein.«

Meine Mutter schlief fest, über ihrem Gesicht lag zeltartig ein *Life*-Magazin. Ich stupste sie vorsichtig wach und erzählte ihr, daß der Abschleppwagen jeden Augenblick käme.

Sie sagte, sie wolle am Fenster warten. Ungefähr zwanzig Minuten später beobachteten wir, in die spätnachmittägliche Sonne blinzelnd, wie unser Heim und unser Auto hochgekurbelt, an einen Sattelschlepper angehängt und in Ketten gelegt weggezogen wurden.

Ich setzte an, ihr zu sagen, daß alles ganz in Ordnung sei, aber sie war bereits an meiner Schulter eingeschlafen. Ich brachte sie wieder zu Bett. Ich aß das übriggebliebene Stück Toast von ihrem Mittagessen und blätterte die Hochglanzfotos in *Life* durch. Dann, als ich beobachtete, wie es immer dämmriger wurde, wurde ich wieder vollkommen niedergeschlagen und ging nach unten, um zu sehen, ob Arthur das Puzzle beenden wollte; nicht um die letzte Nacht zu wiederholen, sondern einfach, um nicht allein zu sein.

Und da saß er, am anderen Ende seines Schreibtisches, die Ellbogen auf den Knien, den Kopf in den Händen. Die Rollos waren eingerissen, und ein letzter Strahl des Tageslichts fiel über unseren Korbstuhl, seine Teak-und-Rosenholz-Anrichte, unsere Stehlampe, die Kristallprismen seines Kronleuchters, die all ihr Funkeln versprühten. Zu seiner Linken stapelten sich die Parfümkartons meiner Mutter. Rechts neben ihm lagen in einem Durcheinander unser Geschirr, Töpfe, Kleiderbügel, Gummistiefel, Mäntel, Matchbeutel, Schuhkartons und Klappstühle. Ein paar Minuten lang sah Arthur sich einfach um. Dann schloß er langsam die Augen und ließ seinen Kopf auf die Knie zurücksinken: Ich konnte erkennen, daß die Last unseres Aufenthalts ihm letztendlich bewußt geworden war.

Ich ging leise wieder die Treppe hinauf.

Was auch immer Arthur an jenem Nachmittag fühlte, er ließ es uns niemals spüren. Gegen sieben Uhr abends brachte er unsere Tabletts mit dem Abendessen herein und überhäufte uns mit noch mehr Zeitschriften zum Lesen. Es ist unbeschreiblich, wie freundlich und liebenswürdig er während der nächsten Tage zu uns war. Bevor er jeden Morgen zur Arbeit ging, verband er die Quetschung meiner Mutter neu (er kümmerte sich mit einer so vorsichtigen Berührung um ihre Beule, daß mir bewußt wurde, wie schwer ihn die Verantwortung drückte, die er an ihrer Verletzung zu tragen glaubte), bereitete unser Frühstück und unser Mittagessen, fragte, ob wir irgend etwas vom Supermarkt benötigten, und als meine Mutter verkündete, sie würde absolut verrückt, wenn sie den ganzen Tag im Bett bliebe, stellte er zwei bequeme Liegen so im Garten auf, daß wir wie Sonnenuhren die Sonne in ihrer ganzen Umlaufbahn genießen konnten.

Von seinem eingezäunten Garten aus sahen wir das diesige San Fernando Valley, die staubige Geometrie seiner Straßen, die fernen, aus dem Smog ragenden Berge und Arthurs schwarzen Packard, der gerade den Canyon hinunter zur Arbeit fuhr. Wenn meine Mutter eingeschlafen war (und in diesen ersten Tagen schlief sie viel), schlüpfte ich wieder ins Haus und begann, in Arthurs Sachen zu stöbern.

Ich wollte einfach mehr über ihn wissen.

In einer Schreibtischschublade fand ich eine Dutch Masters Zigarrenkiste mit alten Fotografien. Sie waren eindeutig aus einem Album herausgenommen worden (ihre Ecken waren mit schwarzem Filz verklebt), und einige waren verblichen, als ob die Personen darauf zu Sepia geworden und nur ihre Seelen geblieben wären. Ein ältliches Paar, das sich steif über eine gespenstische Nähmaschine beugte: *Mit lieb, Zayde und Bubbe.* Ein schwarzhaariger Junge in einem Cowboyanzug (Arthur, vermute ich). Eine Frau mit Arthurs schwarzen Augen, die in einem formlosen Kleid auf einer Prärie posierte, über die der Wind fegte. Noch eine Nahaufnahme des ältlichen Paars, das aus faltigen Gesichtern Arthur im Tarnanzug anstarrte.

In seiner Taschentuchschublade fand ich Polaroid-Schnappschüsse: Arthur und seine verstorbene blonde Frau, Arthur, der seine verstorbene blonde Frau umarmt, sie in Caprihosen, sie mit einem Strohhut, sie im Abendkleid, in einem enganliegendem Oberteil und noch einmal, wie sie sich in einem Badeanzug aus Jersey auf meiner Liege ausruht.

Im Flurschrank grub ich eine Kiste mit Kleidung aus. Jeder Artikel war sorgfältig gefaltet und in Seidenpapier eingeschlagen: ein Satinnachthemd, eine schwarze Mantilla, ein paar alte Hausschuhe. Sie trug die gleiche Größe wie meine Mutter. Noch Stunden danach, während ich auf dem Rasen saß, war ihr Duft an meinen Händen.

Wenn die Schatten unserer Liegen das entfernte Ende des hölzernen Zauns erreichten, kam Arthur wieder nach Hause.

Wenn der Wind noch nicht alles durcheinanderwirbelte, brachte er uns frische Limonade, und wir tranken sie zusammen auf der Veranda und sahen in die Abenddämmerung. Die Nacht war mit Ionen geladen. Irgendwo in der Ferne heulte eine Sirene wegen eines Probealarms, und auf der anderen Seite der Berge kündigte der Strahl eines Scheinwerfers in Hollywood eine Premiere an und schob sich langsam durch Abenddämmerung und Smog, Hitze und Trugbilder.

Dann machten Arthur und ich ein Barbecue, oder er brachte meiner Mutter eine Suppe, wenn sie sagte, daß sie wirklich nicht hungrig sei, weil ihre Stimmung mit dem Krachen eines Wolkenkratzers zusammengestürzt war. Danach kam er dann die Treppe herunter und erklärte mir geduldig, daß es nur ihre Gehirnerschütterung sei, und half mir, die Trümmer ihres Tages zu beseitigen.

Ab Ende der ersten Woche begann ich die heimliche Phantasie zu hegen, daß wir selbst dann, wenn es meiner Mutter wieder besserginge, bleiben könnten.

Arthur war Witwer, und meine Mutter war eine sehr attraktive Frau – mit zartem Knochenbau, blauen Augen und dem Aussehen eines Filmsternchens, mit dem stolzierendem Gang einer Veronica Lake und der Andeutung weltmüder Verletzlichkeit – mit, sagen wir, Judy Hollidays verhangenem, verlorenem Blick. Männer fühlten sich ständig von ihr angezogen. Sie war 173 cm groß. Und wenn sie sich danach fühlte, trug sie ihr Haar nach der letzten Mode – hoch aufgetürmt, in einem Pferdeschwanz oder in einem platinblonden Dutt, der so steif und zerbrechlich war, daß er aussah, als wäre er aus Licht gesponnen. Und dann war da ihre einzigartige Art, die Welt zu sehen. Es ist schwer in Worte zu fassen, aber auf einer unserer Reisen ist sogar ein Highway-Polizist, als er mit dem Realitätsempfinden meiner Mutter konfrontiert wurde (»Gnädige Frau, Sie haben eine

Kreuzung bei Rot überfahren« »Ich bin durchgefahren, während es blinkte«), erstaunt weggefahren.

Ich hoffte, daß Arthur genauso bezaubert wäre wie die anderen Männer, die wir unterwegs getroffen hatten.

Gegen Anfang unserer zweiten Woche sah ich sie beide eines Nachmittags allein in der Küche stehen. Es war Sonnenuntergang. Arthur war gerade von der Arbeit nach Hause gekommen. Meine Mutter starrte aus dem Erkerfenster, ihre Wange gegen die kalte Scheibe gedrückt, ihr blonder Knoten aufgelöst, so daß goldene Strähnen wie Lichtstrahlen den schattenhaften Umriß ihres Kopfes umzüngelten.

»Gloria«, sagte er, und berührte leicht den Ärmel ihres Nachthemdes, »ist alles okay? Solltest du dich nicht hinlegen?«

Meine Mutter seufzte tief. »Wenn ich nicht bald wieder auf die Straße zurückkehre, werde ich mein Parfüm-Imperium verlieren.«

Arthur führte sie langsam zur Eßecke, stellte einen Kessel Teewasser auf und setzte sich neben sie. Er hatte noch nicht verstanden, worin das Geschäft meiner Mutter wirklich bestand. Nach meinen Beschreibungen glaubte er immer noch, unsere Reisen hätten irgend etwas mit einer Handelsvertretung zu tun, während das Geschäft meiner Mutter eigentlich ein Geisteszustand war.

»Gloria, bitte hör mir zu. Was du zur Zeit erlebst, sind lediglich die Folgen deiner Gehirnerschütterung. Alles erscheint verzerrt. Ich bin sicher, dein Geschäft bricht nicht zusammen.«

»Ich habe aber das Gefühl, daß es das tut. Ich habe dieses Gefühl, daß meine Kunden mich vergessen haben werden, bis ich wieder auf der Straße bin.«

Die weit auseinanderliegenden Augen meiner Mutter wandten sich wieder zum Fenster. In der Vorstellung meiner Mutter war ihr Versandgeschäft wirklich ein Imperium und sie dessen souveräne und großmütige Leiterin.

»Gloria, bitte, du siehst das nicht realistisch. Ich kann mir niemanden vorstellen, der dich vergißt, geschweige denn deine Kunden.«

»Arthur«, sagte sie sanft, »du kennst ihre Aufmerksamkeitsspanne nicht.«

In dieser Nacht blieben Arthur und meine Mutter zum ersten Mal die ganze Nacht wach und unterhielten sich. Ich lag bereits im Bett und belauschte sie, hinter einem Vorhang vorgetäuschten Schlafes versteckt, vorsichtig ein Auge offen haltend, um sie zu beobachten – Arthur, zu einer Mischung aus Wimpern und Mondlicht zusammenfließend, saß auf unserer Bettkante und verfolgte aufmerksam die Erzählungen meiner Mutter, die sich in seinen Schatten kuschelte, die Wange gegen das weiße Kissen gedrückt, und sanft über unsere Vergangenheit sprach – schließlich, während ich ihnen zuhörte, wuchsen ihre Stimmen immer mehr zusammen, bis sie in meine Träume eindrangen ...

Ich denke, es ist an der Zeit, den geheimen Stoff in dem Parfüm meiner Mutter zu verraten. In jeder Tiergattung gibt es Gerüche, ganz präzise Abstufungen von Duftwirkstoffen, Pheromone genannt, die laut Werbung meiner Mutter »alle anderen Sinne überwältigen, die es dem Hengst ermöglichen, genau das eine, ganz außergewöhnliche Stutenfohlen aus der großen Herde herauszufinden«. Niemand weiß, ob sie auch bei Menschen wirken (meine Mutter hat sich nicht schriftlich festgelegt). Außerdem sind diese Gerüche so unterschwellig, daß selbst das Tier vielleicht nicht weiß, warum es verzaubert ist – die Ohren gespitzt, den Schweif aufgerichtet, die Hufe schwebend, wie von Fäden einer plötzlichen Leidenschaft umgarnt.

3

Es waren zwölf Tage, siebzehn Stunden und acht Minuten seit Beginn unseres Aufenthalts, und Arthur war gerade zur Haustür hereingekommen. Er stand in der Eingangshalle, die Aktentasche in der Hand, die kupferfarbenen Schlüssel baumelten noch im Schloß (seit dem Unfalltod seiner Frau waren fast acht Monate vergangen – sie war ausgerutscht und hatte sich den Kopf in der Dusche aufgeschlagen – waren diese ersten Minuten nach dem Nachhausekommen die schwersten Augenblicke jeden Tages). Er lockerte seine Krawatte und holte tief Luft, um sich zu sammeln. Ohne sich von der Fußmatte mit der Beschriftung »Willkommen« zu wagen, rief er unsere Namen. Seine Stimme hatte ein Timbre von Panik. Wir waren an keinem unserer üblichen Lieblingsplätze, die Couch war leer, die Hängematte ruhig, das Schlafzimmer dunkel. Auf einmal hatte er Angst, daß wir nicht da seien, daß er uns vielleicht in seiner Einsamkeit nur erträumt hatte, und er begann, das Haus zu durchsuchen. Ein lilafarbenes Leuchten kam aus seinem Arbeitszimmer. Es hatte früher am Tag geregnet, und meine Mutter und ich hatten im Lavendellicht seiner Höhensonne gebadet. Unsere Wangen waren gerötet, und wir trugen seine Schutzbrillen, starrten in die dunklen Linsen und beschrieben Zickzacklinien ionischer Ladungen und orangefarbener Nebel. Arthur hatte keine Ahnung, worüber wir sprachen, aber in diesem Augenblick war ihm das auch ganz gleichgültig. Er war einfach nur dankbar, nach Hause zu kommen und uns vorzufinden, vielleicht war er auch einfach nur erleichtert, daß sein Haus nicht leer war. Er trat seine Schuhe auf der Fußmatte ab und lief die Stufen hinauf, um sich zu versichern, daß unsere in ultraviolettes Licht getauchte Anwesenheit kein Trugbild war.

Als er sein Arbeitszimmer betrat, saßen meine Mutter und ich noch immer in diesem Licht, das nicht von dieser Welt war. Wir wußten nicht, daß er da war. Wir unterhielten uns über die winzigen Lichter, die wir sahen, über das große draußen, über all unsere Vorhaben und Träume für die Zukunft. Meine Mutter wollte ihr Parfüm-Imperium auf die Insel Hawaii oder nach Oregon verlegen oder das ganze Unternehmen aufgeben und in Florida als Maklerin arbeiten. Arthur trat so leise auf, wie er nur konnte, schritt über einen Vorleger und lehnte sich gegen die Bücherregale, um uns zu beobachten. Unsere Gesichter, die wir der Höhensonne entgegenhielten, waren nur wenige Zentimeter auseinander. Die Hitze ebbte in Wellen über die Haut meiner Mutter. Sie war gerade dabei, die Farbe der Lichter zu beschreiben, die hinter ihren Lidern implodierten. Er wußte, daß sie ein bißchen eigenartig war, vielleicht sogar verrückt, aber was ihn überraschte, war, wie glücklich er war, nach Hause zu kommen und nun in der Aura unserer Wärme zu stehen. Wirklich beunruhigte ihn, wie lieb ihm unsere Anwesenheit geworden war. Er schloß einen Augenblick lang die Augen und fragte sich, ob diese überdimensionalen Gefühle lediglich eine subtile neue Variante seiner Trauer sein könnten. Die Höhensonne brannte einen momentanen weißen Ring auf seine Lider, und als er die Augen wieder öffnete, sahen meine Mutter und ich beinahe gleich aus – die gleichen blonden Haare, die gleichen langen Hälse, die gleichen ovalen, ein wenig asymmetrischen Gesichter. Um nicht als Störenfried zu erscheinen und weil er, wenn er mit sich ehrlich war, ein wenig zu glücklich war, uns zu sehen, schlich er aus dem Arbeitszimmer und begann, das Abendessen zu machen.

In jener Nacht fühlte sich meine Mutter endlich gesund genug, um zum Abendessen herunterzukommen. Sie trug ihre goldenen Torerohosen und Kreolenohrringe und bestand auf einem Abendessen bei Kerzenlicht. Sie erzählte Arthur lustige Anekdoten über einige ihrer Parfümkunden: Tex, der ältere Mann, der nach einer Operation am grauen Star das Zeug auf das Krankenhauskopfkissen sprühte und behauptete, er würde von den Krankenschwestern besser behandelt werden; Ace, der tätowierte Matrose mit ANKER und TOD auf seinem Bizeps, der ein halbes Dutzend Flaschen kaufte, um sicherzugehen, daß sich seine Mädchen nach einer Verabredung in etwas Langes und Fließendes warfen (meine Mutter war davon überzeugt, daß er damit einen Fluß meinte); Johnny, der Junge, der an der Kinokasse saß, der sich in die Kartenabreißerin verliebt hatte und es sich eines Tages auf die Ärmel sprühte, so daß sie endlich mit ihm sprach (er gestand meiner Mutter später, daß sie ihm lediglich gesagt hätte, daß er seine Jacke verkehrt herum trage). Und Arthur überraschte sich selbst dabei, daß er laut lachte, obwohl er sich normalerweise nicht über die Einsamkeit anderer lustig machte. Dann erzählte ich von meiner Idee, das Parfüm bei einem unserer naturwissenschaftlichen Schulbasare auszustellen (ich wollte Naturwissenschaftlerin werden). Meine Mutter schlug vor, wir sollten darauf anstoßen, daß ich den Nobelpreis gewänne. Wir stießen klirrend mit den Weingläsern an.

Schließlich sagte meine Mutter, sie sei wieder erschöpft, und wünschte uns eine gute Nacht. Wir sahen ihr nach, wie sie die Treppe hinaufging. Ohne meine Mutter verfielen Arthur und ich in Schweigen, als ob wir darauf warteten, daß ihre mächtige Gegenwart verebbte. Dann schlug er eine Nachspeise vor und ein bißchen Fernsehen, und auf einmal kam der Abend wieder in Ordnung. Ich teilte Eis aus und folgte ihm zu dem schwarzweißen Zenith-Fernsehapparat und streckte mich auf dem Läufer zu seinen Füßen aus. Aber nach der ersten Sendung konnte ich meine Augen nicht mehr offen halten und sagte, ich würde ins Bett gehen. Er entgegnete, er würde auch gleich nach oben gehen, aber nachdem ich gegangen war, saß er immer noch da, die Ellbogen auf den Knien, die Hände gefaltet. Ich wartete auf ihn auf dem ersten Treppenabsatz, auf der obersten Stufe, in der grüngekachelten Tiefe des Badezimmers mit der Zahnbürste in der Faust. Als er nicht auftauchte, tapste ich zu ihm zurück und setzte mich wortlos an seine Seite.

»Kim, bist du nicht müde?«

Ich schüttelte den Kopf.

»Bist du ganz sicher?«

Ich erwiderte, ich sei mir ganz sicher.

»Du weißt, du brauchst nicht mit mir wach zu bleiben.«

Ich lachte, dann starrte ich auf den Fußboden und fragte ihn, ob er allein sein wolle.

»Ganz im Gegenteil«, sagte er. »Ganz im Gegenteil.«

Während der nächsten halben Stunde saßen wir Seite an Seite in dem flackernden Licht des Fernsehers. Kurz vor Mitternacht wurde bei Sendeschluß das Pausenzeichen eingeblendet (wo es bis zur Morgendämmerung flackern würde), und es erschien eine letzte Werbung – eine Familie beim Frühstück. Und Arthur, der zu diesem Zeitpunkt sehr müde aussah, und ich, die sehr erschöpft war, verstanden nicht recht, was verkauft wurde: der Wachskarton mit der homogenisierten Milch, der weiße Kühlschrank, die gezuckerten Frühstücksflocken oder die Gattung Familie, die bereits auf dem kleinen Bildschirm unseres schwindenden Tages verblaßte.

Als ich zwei Tage später gerade ausgestreckt auf dem Läufer im Wohnzimmer lag, mich im frühen Morgenlicht sonnte und in der *Times* blätterte, hörte ich Arthurs Schritte hinter mir. Intuitiv reckte ich mich, stützte mein Kinn auf die Fäuste und tat so, als würde ich die Comic Strips betrachten.

Er legte seine Hand sehr zart auf mein Haar. Und er ließ sie dort einen Bruchteil einer Sekunde länger als ein freundliches

Strubbeln. Nur den Bruchteil einer Sekunde lang, wirklich. Aber mir war es völlig bewußt. Ich war mir des Gewichts seiner Hand, ihrer Wärme und ihrer Oberfläche bewußt. Ich war mir ihrer Knochenstruktur und der quälenden Zärtlichkeit bewußt, mit der seine Fingerkuppen auf meinem Haar ruhten.

Dann bewegte sich seine Hand, und er zerzauste mein Haar. Seine Schuhe zogen sich zurück, und er war verschwunden.

Aber was mir anschließend noch stundenlang blieb, war das spürbare Gewicht seines ganzen Wesens auf meinem Kopf.

Danach stand ich jeden Morgen entweder am Fuß des Treppengeländers, kauerte auf den Stufen oder lehnte auf dem obersten Absatz über der polierten Balustrade oder lümmelte auf dem Läufer im Wohnzimmer. Aber jeden Morgen wartete ich auf ihn.

Unsere Routine sah so aus: Während meine Mutter sich oben erholte (ihre lilafarbene Beule wurde langsam zu einem violetten Schatten) und davon träumte, daß sie ihr Parfüm-Imperium wieder in Schwung brachte (unser Wohnwagen und unser Auto waren in tadellosem Zustand zurückgekommen), saßen Arthur und ich uns in der Eßecke auf Barhockern gegenüber und frühstückten. Dann füllte er unsere Kaffeebecher nach, und wir gingen hinaus, um zu sehen, was es im Garten Neues gab, ob irgend etwas aufgeblüht oder verwelkt war.

Heute brannte ein Feuer ein paar Hügel entfernt – es war nur ein kleines Buschfeuer (die großen Brände setzten erst ein, wenn die St. Anna-Winde bliesen), aber überall lagen Asche und glühende Kohlestücke. Und die Luft knisterte. Und das Tal war in Rauch gehüllt. Es war von jener Schönheit, wie Endzeitapostel sie heraufbeschwören, wenn sie den Weltuntergang verkünden.

Ich lag ausgestreckt im Gras, während Arthur zum Rand seines Grundstücks schlenderte, um festzustellen, ob die Feuerwehr käme. Er stellte sich auf die Zehenspitzen, schaute über den Zaun, und ich starrte auf den zinnenartigen Abdruck, den seine schwarzen Socken auf seinen strammen behaarten Waden hinterließen.

Die Straßen waren leer, und nach einer Weile setzte er sich hin, und wir starrten gemeinsam auf das Feuer. Er sagte, als Bel Air im Vorjahr gebrannt hätte, hätten die Leute ihren Schmuck und ihr Silber in die Schwimmbecken geworfen, um sie zu retten. Er sagte, jedesmal, wenn meine Mutter mit ihm über ihre großen Pläne spräche, stelle er sich ein mit Armreifen und Ringen gefülltes Schwimmbecken vor. Auf dem Talboden unter uns hörte man durch den grauen Rauch den dumpfen Schlag eines Balls und Kindergelächter.

Ich streckte mich auf dem Gras neben ihm aus und spürte eine seltsame Beklemmung in meiner Brust – kein Herzklopfen oder -pochen –, nur eine leichte Bewegung, als sei mein Herz sachte auf eine Seite gerollt, wie ein Schlafender, und hätte eine bequemere Stellung gefunden, und auf einmal kam mir der Gedanke, daß ich es war, die dabei war, sich in diesen Mann zu verlieben.

Ich stand langsam auf und trottete über das warme Gras, die Verandasteine, das kalte Linoleum und die Stufen mit dem dikken Teppich. Ich wollte mit meiner Mutter sprechen. Egal, was sich alles über meine Mutter sagen ließ, sie war immerhin meine Mutter.

Sie saß an Arthurs Schreibtisch, über ein Hamburger-Tablett gebeugt, und beschönigte die Erfahrungsberichte ihrer Kunden und erfand selbst einige für eine neue Werbeoffensive. Noch bevor ich etwas sagen konnte, drehte sie sich auf seinem Schreibtischstuhl herum und fing an, mir einige der Briefe vorzulesen: einer handelte von schamloser Begierde und irdischer Liebe, ein anderer vom Rätsel des Liebestranks und sinnlichem Fleisch, ein dritter von der unaussprechlichen Hoffnung auf Liebe. Wie wahnsinnig sie auch klangen, sie hörten sich wahrer an als alles, was ich sagen könnte.

Ich ließ mich auf die Liege plumpsen und verbarg mein Gesicht in den zerwühlten Kissen und versuchte, mich zum Einschlafen zu bringen, aber mein Bewußtsein ließ sich nicht ausschalten. Ich hörte, wie Arthurs Packard ansprang und er zur Arbeit fuhr, die Vögel an der Vogeltränke, das Mahlen des Bleistiftanspitzers meiner Mutter, wenn sie die Spitzen schärfte. Ich weiß nicht, wie viele Stunden ich dort gelegen hatte, denn als ich wieder aufstand, war sie fort. Ich öffnete die Bambusrollos einen Spalt.

Meine Mutter lag ausgestreckt in Arthurs Hängematte, mit dem Gesicht zum westlichen Himmel, und blinzelte. Es war kurz vor der Dämmerung, und eine riesige rote Sonne sank in eine rote Landschaft: rote Berge, rote Telefonmasten, rote Rasenflächen. Ihre geflügelte Sonnenbrille, zusammengelegt und in ihrem Schoß vergessen, spiegelte die gesamte flammende Szene in winzig kleinen, rauchgefärbten Einzelheiten. Es gab keine Brise, aber meine Mutter bewegte sich trotzdem, sie schaukelte hin und her, hin und her in dem durchhängenden Netz, angetrieben von ihrer eigenen inneren Energie. Die Seile der Hängematte waren straff gezogen, fast unsichtbar in dem fahler werdenden Licht, und meine Mutter hob sich als Silhouette gegen den leuchtend roten Ball der Sonne ab und schien ohne sichtbaren Halt über Arthurs Garten zu schweben.

Sie starrte ins All. Anders als ihre Sonnenbrille spiegelte der Blick meiner Mutter nicht die benachbarten Rasenflächen, ihr Blick ging durch sie hindurch. Unter ihr weitete sich das diesige San Fernando-Tal aus, in westlicher Richtung erhoben sich die umbrabraunen Berge von Tarzana, wo das Feuer noch schwelte, und dahinter schimmerten die zimtfarbenen Dachpfannen von

Malibu Colony. Zu ihrer Rechten, nur drei mit struppigem Gebüsch bewachsene Berge entfernt, glitzerte Hollywood, und zu ihrer Linken, fünf Stunden auf dem Freeway, pulsierte die Hauptader des Las Vegas Strip. Ich wußte nur zu gut, daß meine Mutter darauf brannte, auf die Straße zurückzukehren, um ihre neuen Erfahrungsberichte auszuprobieren.

Ich ließ das Rollo zuschnappen und kaute eine Zeit lang auf meinem Fingernagel. Dann rannte ich zum Ende der Kiesauffahrt und wartete wie ein Wächter auf Arthurs Heimkehr. Ich erzählte ihm, daß meine Mutter kribblig würde und ich glaubte, daß wir uns bald wieder auf den Weg machen würden.

»Kim, beruhige dich«, er kurbelte sein Fenster herunter. »Bist du dir dessen sicher? Gloria hat mir nichts davon erzählt.«

Ich sagte, ich sei mir ziemlich sicher.

Arthur schloß einen Augenblick lang seine Augen und lehnte sich zurück, den Fuß auf der Bremse.

»Nun geht ihr also doch weg«, sagte er.

Dann fuhr er den Wagen auf den Stellplatz, machte aber keinerlei Anstalten, den Motor abzuschalten oder aus dem Auto zu steigen. Seine Hände lagen bei zehn Uhr und bei zwei Uhr auf dem Steuerrad. Die Scheinwerfer blieben an und strahlten die Garagenwand an. Ich setzte mich auf das Trittbrett des Packard und kratzte an den Gummileisten.

»Kim, hat deine Mutter gesagt, wann?«

Ich erfand ganz plötzlich ein Datum. Donnerstag, 14. Juni. In zwei Tagen.

»Ich verstehe.« Er strich sich mit der Hand durch das Haar. »Hat das etwas damit zu tun, daß der Wohnwagen zurückgekommen ist? Ich meine, weiß Gloria, daß ihr beide länger bleiben könnt, wenn ihr wollt?«

Ich lief um den Wagen zur Beifahrerseite und stieg zu ihm ein. Ich sagte, ich hätte keine Ahnung, ob sie das wüßte.

Er klopfte mit den Fingern auf das Steuer. »Verdammt. Ich hätte das klarer machen sollen.«

Die Scheinwerfer prallten von den Dachsparren ab und ließen sein Gesicht bleich erscheinen; ich konnte seinen Gesichtsausdruck nicht lesen.

»Bist du dir ganz sicher mit Donnerstag? Ich denke, Gloria ändert ihre Meinung sehr schnell.«

Ich erwiderte, ich sei mir sicher.

»Tja, damit steht nun wohl alles fest«, sagte er, räusperte sich und stellte den Motor ab.

Er nahm seine Aktentasche, und ich folgte ihm ins Haus. Ich wußte nicht, was ich von ihm erwartet hatte, aber er tat all das, was er normalerweise tat, wenn er nach Hause kam – er putzte seine Schuhe auf der Fußmatte ab, brachte meiner Mutter etwas Limonade, räumte die Sachen auf, die wir im Laufe des Tages stehen und liegen gelassen hatten: eine lippenstiftverschmierte Kaffeetasse, den Hausmantel meiner Mutter, einen Pflaumenkern im Aschenbecher. Als das Wohnzimmer aufgeräumt war, fegte er den Eingangsflur aus. Dann schlurfte er zum Flurschrank, zerrte den Staubsauger samt seinem Zubehör heraus – Teppichdüsen, Staubbürsten, Schläuche und Gestänge –, obwohl er sonst nur sonntags staubsaugte. Er begann in einer Ecke und bearbeitete pingelig den ganzen langflorigen Teppich, die Treppe hinauf und hinunter, zwischen den Balustraden, unter den Möbeln, hinter der Anrichte, sogar entlang der Rillen der Schiebefenster. Als der Motor schließlich stotterte und der Beutel voll war – ich will damit sagen, daß er kein einziges Staubkörnchen mehr aufnehmen konnte –, zog er endlich den vollgestopften Apparat in die Küche. Als er gerade dabei war, alles zu leeren, entglitt der unhandliche Beutel seinen Händen und setzte eine pilzförmige Staubwolke frei. Ein paar Minuten lang schaute er sie nur an. Dann hob er den Beutel auf und schleuderte ihn durch den Raum.

Ich stand hinter den Lamellentüren. Die Lichter waren aus. Ich glaube nicht, daß er mich sah.

Als er sich wegdrehte, vergrub er seine Hände in den Taschen und starrte durch das Drahtgeflecht der Fliegengittertür hinaus in die schwarze Nacht. Er sah sehr traurig aus. Eine Brise kam auf. Er zitterte. Ich konnte die Umrisse seiner Fäuste in den Taschen erkennen. Nach einer Weile wandte er sich wieder dem Durcheinander zu, zerrte Handfeger und Schaufel heraus und fegte bis auf das letzte Staubkorn alles fein zusammen. Dann setzte er sich in die Eßecke, stützte die Ellbogen auf den Tisch und zupfte eine Fussel von seinem Hemdsärmel und noch eine und noch eine.

Es war sehr dunkel. Das einzige Licht kam von der Herduhr und tauchte Arthur in ihr radiumgrünes Leuchten. Ich setzte mich leise neben ihn. Er starrte auf seine Hände. »Ich wünschte nur, ihr würdet nicht weggehen.«

Das Außergewöhnliche an der Kindheit ist, daß sie trotz ihrer Kürze in den engen Kammern der Erinnerung großen Raum einnimmt. Ich glaube, dies ist so, weil Möbel und Zimmer in jenen frühen Jahren der Erinnerung riesengroß sind. An jenem Abend sah Arthur klein und verletzlich aus, als er allein auf seinem Sofa saß und die Hände faltete und wieder auseinanderfaltete oder in seinem mit Büchern vollgestellten Arbeitszimmer auf und ab ging. Gegen Mitternacht kam er in unser Zimmer. Meine Mutter war gerade eingeschlafen, ihre Beine träumerisch übereinandergeschlagen. Ich tat so, als schliefe ich fest unter den mondkalten Laken.

»Gloria«, flüsterte er und setzte sich auf unsere Bettkante. Meine Mutter bewegte sich. »Ich habe darüber nachgedacht; es gibt überhaupt keinen Grund, warum du dein Geschäft nicht von hier aus betreiben kannst.«

Meine Mutter blinzelte mit schlafverquollenen Augen.

»Benutze mein Wohnzimmer als dein Büro. Das macht mir nichts aus.«

Meine Mutter schüttelte sich wach und stand langsam auf und wickelte sich in ihr Nachthemd.

»Und laß uns einen Augenblick über Kim sprechen«, sagte Arthur.

Ich hörte jetzt genau zu.

»Ihr fehlt nur noch etwa ein Jahr an der High School. Gloria, sie sagt, sie würde gerne Naturwissenschaftlerin werden. Wenn du bliebest, gäbe ihr das die Stabilität, die sie braucht, um sich für das College zu qualifizieren. Danach können wir sehen, wie alles weitergeht. Mir ist es egal, Gloria.«

Er schaute von ihr weg, auf seine Hände, auf die getupften Schatten, die die Bambusrollos auf sie warfen.

»Es fällt mir schwer, so etwas in Worte zu fassen, ... aber ich bin so ... so glücklich, seitdem du und Kim hier eingezogen seid. Ich möchte nicht, daß ihr weggeht.«

4

Zu meiner Überraschung erklärte sich meine Mutter damit einverstanden, zu bleiben. Am nächsten Morgen saß sie mit Arthur auf den Stufen unseres Wohnwagens und unterhielt sich mit ihm bis fast gegen Mittag. Ich wußte, daß sie dies für mich tat, und ihre Haltung hatte etwas Herzzerreißendes. Die resignierte Art, wie sie mit dem Griff seiner Aktentasche spielte und sich bemühte, sich zu konzentrieren, die Art, wie sie unruhig dasaß, unaufhörlich eine blonde Locke um ihren Finger drehte und über seine Auffahrt hinausstarrte.

Zum Schluß tätschelte Arthur ihre Hand und sagte, er müsse jetzt wirklich zur Arbeit gehen. Meine Mutter seufzte, stand auf und sah zu, wie er abfuhr. Dann drehte sie sich langsam um und starrte auf ihr Spiegelbild in dem blitzblanken Wohnwagen. Die Sonne stand über ihr, und sie mußte blinzeln, um sich selbst mit Hausschuhen im Morgenmantel auf einer Auffahrt in einem Vorort stehen zu sehen. Sie biß sich auf die Lippe, drehte sich um und tappte die Auffahrt entlang auf mich zu, während die andere Gloria, ihr Spiegelbild, sich ebenfalls auf die Lippe biß, sich umdrehte und in die Tiefe des Wohnwagens tappte.

Während der folgenden Woche versuchte sie sich in Stabilität, sie fuhr mich zur hiesigen High School und meldete mich für das Herbstsemester an. Sie bot sogar an, für Arthur zur Reinigung zu gehen, den Rasen zu sprengen, den Einkauf zu erledigen, zumindest bis ihr Geschäft wieder lief. Aber ich konnte erkennen, daß sie nicht in ihrem Element war. Nach ungefähr einer Woche fand ich den Rasen versengt, Arthurs Hemden zusammengeknüllt im Kofferraum, den Einkaufswagen neben dem Ständer mit den Boulevardzeitungen verlassen (ein einzelner Speiseeiskarton schwitzte im Korb vor sich hin), während sie prüfte, wie ihr Wettbewerb lief.

Eines Samstags überraschte Arthur sie damit, daß er einen nagelneuen Schreibtisch für sie mitbrachte; ein modernes Teakding mit Stahlrohrbeinen und stromlinienförmigen Schubfächern. Meine Mutter zog einen Klappstuhl heran und starrte ihn unentwegt an, fuhr mit dem Finger über die polierte Kante, zog die Schubfächer auf ihren Stahlschienen rein und raus, rein und raus. Sie legte ihre Hände ganz leicht auf die Arbeitsfläche, als berühre sie Klaviertasten, und blickte in verwirrter Dankbarkeit zu Arthur hoch und sagte ihm, wie sehr gerührt sie sei über seinen unerschütterlichen Glauben an sie.

In jener Nacht schrieb sie, die Ellbogen auf dem Schreibtisch, ihre Wange auf der Faust, ihre erste Anzeige für ihre neue Comeback-Kampagne: eine Mischung aus Produkten für Selbstabholer (für das sogenannte Last-minute-Rendez-vous) und/oder für den Versand. Arthur beugte sich über ihre Schulter und verbesserte ihre Rechtschreibung. Ich beobachtete beide von meinem einsamen Sitzplatz auf der Armlehne des Sofas aus.

Eine Woche später überraschte sie diesmal Arthur mit einem Tiki aus Hawaii für seinen Vorgarten und erklärte ihm, dies sei der letzte Schrei in Sachen Rasendekoration. Darüber hinaus, sagte sie, wenn ihre Kunden anfingen, ins Haus zu kommen, wäre es als Orientierung hilfreicher als lediglich eine blasse Anschrift, die in den staubigen Bordstein geritzt sei.

Aber ihre Kunden kamen nicht. An Freitagen (gewöhnlich ihr bester Verkaufstag) kamen ein oder zwei alte Stammkunden vorbei, klingelten an Arthurs Haustür und bemerkten, wie weit Gloria es gebracht hätte. Aber das war alles.

An dieser Stelle möchte ich ein Geheimnis lüften. Auch vor dem Unfall lief das Geschäft meiner Mutter nicht besonders gut. Ob ihre Anzeigen nicht mehr ankamen oder ihr Gebiet ausgetrocknet war oder ob es nur eine begrenzte Anzahl einsamer Männer gab, die entgegen aller Logik und Vernunft auf Liebe hofften, ich weiß es nicht. Zu dem Zeitpunkt, als Arthur in unser Leben kam, schafften wir es kaum, durchzukommen. Leider mochte sich meine Mutter daran nicht erinnern (wenn es Streß gab, zog sie eine Kurzfassung ihre Vergangenheit vor), und während ein erfolgloser Tag in den nächsten überging, konnte sie an nichts anderes als an unsere Zukunft denken. Während sie über ihre Zukunftsaussichten nachdachte und ausgestreckt in der Hängematte oder bei langen Ausflugsfahrten durch die Hügellandschaft immer mehr Zeit allein verbrachte, war ich ziemlich viel mit Arthur allein.

Dann passierte Folgendes: Samstagnachmittag. Vier Uhr. Arthur hielt in seinem Lehnstuhl seinen Mittagsschlaf, nachdem er gerade den Rasen gemäht hatte. Ich trottete aus der Linoleumtiefe des Waschraums auf ihn zu. Zwischen uns kreuzte eine vollkommene Lichtdiagonale das Wohnzimmer, die Luft tanzte vor Staub. Das Blut pochte in meinen Ohren. Ich hockte neben seinen Füßen und schrieb vorsichtig in den Staub auf dem Glastisch, wenige Zentimeter links von seiner achtlos daliegenden Hand entfernt, die Worte *liebe mich*. Dann wischte ich sie mit der Handfläche wieder weg und blies die Indizien behutsam fort, darauf achtend, daß mein Atem nicht über sein Handgelenk strich. Oder ich begegnete Arthur beim Verlassen des Badezimmers, wo die Kacheln noch feucht waren von seiner Dusche. Ich schloß die Tür hinter mir, verriegelte sie und rüttelte am Türgriff, um mich zu vergewissern, daß sie wirklich verschlossen war. Dann schälte ich mich aus meinem T-Shirt, hakte meinen BH auf, schlüpfte aus meinen Jeans und stand nackt vor dem Spiegel, musterte mich durch den Nebel, von dem ich mir vorstellte, sein Atem habe ihn auf dem Glas hinterlassen. Oder ich lag im Gras und wartete darauf, daß Arthur zurückkehrte, und machte mir darüber Gedanken, wie ich ihm meine Gefühle gestehen sollte, bis ich plötzlich sah, wie meine Mutter mit dem

Wagen vorfuhr, ihre Augen leer, ihr Arm müde aus dem Fahrerfenster baumelnd, und ich wußte, um sie sollte ich mir Sorgen machen.

Ihr Geschäft ging nicht sehr gut. In zwei Wochen hatte sie nur eine Sache zum Verkauf gebracht, aber sie sprach nicht mit mir darüber. An den meisten Vormittagen saß sie nur an ihrem Schreibtisch und starrte in ihre Kaffeetasse. Bis jetzt waren wir immer weitergefahren, wenn das Geschäft nicht gut lief. Ich wußte nicht, wie ich mich verhalten sollte. Deshalb schlüpfte ich eines Nachts, als sie gerade eingeschlafen war, aus dem Bett und zog los, um Arthur zu finden.

Das Licht in seinem Arbeitszimmer brannte, aber auch er schlief. Sein Kopf ruhte auf seinem Schreibtisch, ein Entwurf für einen Flugzeugmotor lag zerknittert unter seiner Wange. Während ich über ihn gebeugt stand, erschienen mir das Kurvenlineal, die Schwungräder und Propeller einen Augenblick lang wie ein Traum, der aus seinem Kopf erblüht war. Ich berührte ängstlich seine Schultern, und er öffnete blinzelnd die Augen.

»Habe ich geschlafen?«

Ich nickte.

»Ich habe geträumt, daß ich einen Flugzeugmotor aus Gummibändern baute.«

Ich entschuldigte mich dafür, daß ich ihn geweckt hatte. Ich sagte, ich wollte mit ihm reden, während meine Mutter schlief. Ich sagte, ich machte mir große Sorgen um sie. Ich setzte mich auf den Läufer neben seine Füße, die in Hausschuhen steckten, und erzählte ihm, daß das Geschäft meiner Mutter nicht gerade blühte.

»Kim, das habe ich mir schon gedacht.«

Aber was mich wirklich beunruhigte, war ihre Teilnahmslosigkeit. Noch nie zuvor hatte sie an einem Ort bleiben und etwas durchziehen müssen.

»Hat es etwas mit Geld zu tun, Kim? Wenn Gloria sich um Geld sorgt, sollte sie nicht –«

Ich schüttelte den Kopf.

»Bist du dir sicher? Denn ich könnte deiner Mutter erklären, daß sie nicht zu arbeiten braucht. Ehrlich, ich verdiene genug für uns alle.«

»Arthur«, sagte ich, »das wäre für sie das Schlimmste.«

Ich beschrieb ihm, wie sie einmal unsere letzten Quarter-Münzen in den Wunschbrunnen in Caesar's Palace geworfen hatte, als wir ganz abgebrannt gewesen waren. Sie war überzeugt, daß etwas Großartiges aus dem Platsch werden würde. Ich sagte ihm, meine Mutter lebe für solche Platsche.

»Kim, hör mir zu. Ich möchte helfen. Ich verstehe nur nicht, was du von mir erwartest.«

Ich sagte, vielleicht könne er mit ihr reden. Meine Mutter respekierte ihn aufrichtig. Vielleicht könne er auf sie einwirken, über ein anderes Gewerbe nachzudenken oder neue Produkte zu finden, die sich vermarkten ließen.

»Kim, deine Mutter liebt ihr Parfümgeschäft.«

»Das weiß ich. Aber was sie daran liebt –« Ich starrte auf den Läufer links von seinem Fuß. Selbst aus meiner eingeschränkten Sicht konnte ich die festen Muskeln seiner Waden, seine Knöchel und die Rundung seiner Ferse, die in seinem Schaflederhausschuh schmaler wurde, erkennen. Ich war erst fünfzehn und absolut in diesen Mann verliebt, und ich wußte, wenn wir in irgendeiner Form über Liebe sprächen, selbst die Liebe meiner Mutter zu ihrem Geschäft, würde ich ihm von den in Druckschrift verfaßten Nachrichten, die ich ihm im Staub hinterlassen hatte, über die Duschen und den Nebel und meine Nacktheit erzählen. Ich sagte: »Arthur, die eigentliche Stärke meiner Mutter liegt nicht darin, ein Geschäft zu führen. In den vergangenen Jahren hatte sie Dutzende von Geschäften, sie hat alles mögliche verkauft, von Geigerzählern bis zu Schlankheitsgetränken. Ihre eigentliche Stärke liegt darin, sich Geschäfte zu erträumen.« Ich folgte der Falte seiner Hose bis zu seinem Knie. »Sie ist am glücklichsten, wenn sie neue Ideen hat, wenn sie sich ihre Umsätze noch ausdenkt, wenn –« Und hier fehlte mir die Sprache, um es zu beschreiben: wenn ihre Träume noch erdacht wurden, bevor sie sich verbiegen lassen mußten, um sich der Realität anzupassen.

Ich bat ihn, heute abend mit ihr zu sprechen.

»Sie schläft.«

»Ich kenne meine Mutter. Ihr macht es nichts aus, geweckt zu werden.«

»Kim, ich kann nicht –«

»Arthur, bitte. Ich mache mir Sorgen, daß sie wieder weiterfahren will. Ich glaube nicht, daß sie noch länger durchhält.«

Er tätschelte meinen Kopf, stellte sich auf die Füße und schlurfte in unser Schlafzimmer.

»Na«, sagte er und berührte die Schulter meiner Mutter. Sie blickte zu ihm auf, befeuchtete ihre Lippen und setzte sich unter den Laken auf und lehnte ihren Kopf sanft an seinen Arm.

»Kim sagte, es wäre in Ordnung, dich zu wecken.«

»Ich habe gar nicht richtig geschlafen«, antwortete sie und benutzte eine Ecke des Lakens, um sich die Augen zu reiben.

»Gloria, ich habe den Eindruck, mit deinem Geschäft klappt es im Augenblick nicht so richtig.«

Sie zuckte mit den Schultern. »Es ist ein bißchen komplizierter. Ich fühle mich ... ich weiß nicht ... nicht gebraucht.« Und sie ließ das ganze Gewicht ihres Kopfes auf seiner Schulter ruhen. Er legte den Arm um sie.

Ich beobachtete beide vom dunklen Gang aus. Schließlich sagte ich ihnen, daß ich nach unten gehen würde, um auf der Couch zu schlafen.

Ich schloß die Tür, um ihnen ihr Privatleben zu gewähren, setzte mich erst auf den obersten Treppenabsatz, dann auf die kalte Fensterbank, bevor ich mich auf das Sofa fallen ließ. Ich schlief nicht ein. Ich starrte konzentriert an die Decke und wartete auf die Geräusche von Arthurs Schritten, wenn er zu seinem Zimmer zurückgehen würde, aber er kam nicht.

Am nächsten Morgen schien es meiner Mutter viel besser zu gehen. Sie sprach über den Ausbau ihres Geschäfts, neckte Arthur damit, daß er ihr Partner werden würde, band seine Krawatte richtig, die er schief geknotet hatte, und dankte ihm für seine Geduld mit ihr. Er hatte ihr ein paar Sachen gesagt, die sie überzeugt hatten. Vielleicht hatte der Unfall sie mehr aus der Bahn geworfen, als sie gedacht hatte? Vielleicht dachte sie nicht »langfristig« genug? Während sie sich eine dritte Scheibe Toast bestrich, saß ich gebeugt in der Eßecke und starrte in meine Schale mit Cornflakes. Arthur hielt seinen Blick auf die langsam brennende Asche seiner Zigarette geheftet.

An diesem Nachmittag bat ihn meine Mutter, sie zum größten Zeitungsstand in die Innenstadt zu fahren, um sich ausländische Zeitschriften und ein halbes Dutzend Boulevardzeitungen zu kaufen (ich saß auf dem Rücksitz; ich wollte sie nicht aus den Augen lassen). Sie wollte herausfinden, welche Waren noch nicht in den Staaten vermarktet wurden, und von denen, die verkauft wurden, welche sehr unkreativ vermarktet wurden. Sobald wir nach Hause gekommen waren, ließ sie sich neben ihn aufs Sofa plumpsen, einen in Hausschuhen steckenden Fuß unter sich geschlagen, und studierte eifrig die Zeitungen. Ich achtete darauf, daß ich auf seiner anderen Seite saß, zwischen seinen Oberschenkel und die Armlehne gedrückt.

In dieser Nacht schlief meine Mutter weder mit Arthur noch mit mir; sie blieb auf und las ihre Zeitschriften.

Viele der angezeigten Produkte und der von ihnen angeblich

erbrachten Leistungen seien absoluter Betrug, erzählte sie Arthur am nächsten Morgen. Es ärgerte sie, weil solche Usancen das Unternehmertum ruinierten. Andere Produkte wiederum, die sich zwar auf Papier interessant anhörten, ließen sich nur schwer auf den Markt bringen (d. h. die Alphawellen-Gehirnmaschine, die einen angeblich in zweiundzwanzig Minuten meditieren ließ wie einen Zen-Mönch). Sie hatte nicht den Eindruck, daß ihre Klientel besonders an Transzendenz interessiert sei. Einige der Produkte hielt sie jedoch für vielversprechend, und im Laufe des Wochenendes machte sie sich Notizen, strich durch, schrieb neu und fragte Arthur nach seiner Meinung zu einer ganzen Liste potentieller Waren: eine Tretmühle für Hundebesitzer, die zu faul waren, ihre Hunde auszuführen, ein Face-Liftung-Gerät für zu Hause, ein Bausatz für den heimischen Luftschutzbunker, Vitamin Q, ein passives Fitneßgerät und –

»Hier ist was fürs Buch der Rekorde«, sagte sie, als sie Sonntagnacht spät in die Küche kam, wo Arthur und ich saßen und Karten spielten. »Dies ist genau die Sorte Hokus-Pokus-Geschäftemacherei, von der ich dir erzählen wollte.«

Und sie las uns einen winzigen Artikel aus einer der Boulevardzeitungen vor:

Pyramidenparties sind wieder im Kommen! Männer und Frauen aus allen Gesellschaftsschichten treffen sich heimlich in Quality Inns, Motels, sogar Nobelhotels, um Pyramide zu spielen, ein Spiel ausschließlich für Erwachsene, das sehr schnell der Renner für alle jene geworden ist, die bereit sind, $ 1500 für einen in Aussicht gestellten Gewinn in Höhe von $ 10 000 zu riskieren.

Und so läuft es: Jede »Pyramide« beginnt mit einem »zentralen Stein«, dem Organisator, und sechs »Felsblöcken«, den ersten Investoren. Wenn der Stein und die Felsblöcke acht »Felsbrocken« rekrutieren können, die bereit sind, $ 1500 hinzublättern, nimmt der zentrale Stein den ganzen Profit und rollt weg. Die Felsblöcke werden zentrale

Steine, die Felsbrocken werden Felsblöcke, und alle bemühen sich, genügend »Rohmaterial« auszugraben, das bereit ist, seinen Einsatz zu leisten, damit die Pyramide lange genug besteht, so daß sie die Spitze erreichen können.

Meine Mutter faltete die Zeitung zusammen und schüttelte ihren Kopf. »Kannst du das glauben?«

»Gloria«, sagte Arthur und legte seine Karten hin (er hatte fast Gin Rummy), »ich will dir ganz ehrlich etwas sagen. Ich verstehe nicht, wie du sagen kannst, daß die Pyramiden Hokuspokus sind und Vitamin Q nicht. Vielleicht fehlt mir etwas, aber ich kapiere es einfach nicht.«

Meine Mutter rutschte neben ihn in die Eßecke.

»Erstens«, erklärte sie, »Vitamin Q ist gerade erst entdeckt worden. Niemand weiß, ob es funktioniert. Pyramidenpläne sind so alt wie Berge. Sie sind nichts anderes als ein besserer Kettenbrief. Ich bin der Meinung, wenn man schon ein solches Bravourstück durchziehen will, sollte man zumindest einen ganz neuen Ansatz haben. Es ist diese Art von schäbigem Marketing, das die ganze Branche herunterzieht.«

Damit ging sie zurück ins Schlafzimmer. Ich blieb mit Arthur auf.

Als sie ungefähr eine Woche später, verloren wie eh und je (keine ihrer Ideen klappte), in einem Supermarkt stand (ihrer öffentlichen Forschungseinrichtung) und die Boulevardzeitungen in den Regalen studierte, meinte sie, das Wort »Pyramide« gehört zu haben. Sie sah auf und blinzelte. Zu ihrer Linken befanden sich Auslagen mit Kaugummi, Pfefferminzbonbons für frischen Atem, Mandel- und Schokoladenriegel; zu ihrer Rechten ein Stapel Batterien mit Kupferenden. Der Verkäufer wog einer silberhaarigen Frau gerade auf einer Nirosta-Waage einen Apfel aus. Meine Mutter schaute wieder runter. »Letzten Donnerstag«, hörte sie deutlich die alte Dame zu dem Verkäufer sagen, »wurde ich zu einem Felsbrocken.«

Ein paar Minuten lang stand meine Mutter noch bewegungslos da und tat so, als läse sie die Greuelschlagzeilen dieser Woche, aber sie sah nichts – weder die Haferflockenpackung der alten Dame noch ihre Dose Erbsensuppe noch ihren Apfel »Red Delicious«, als diese auf dem Fließband vorbeizogen.

Während meine Mutter den Einkaufswagen zu ihrem Auto zurückschob, meinte sie als nächstes, neben ihrem staubigen Kabriolett einen nagelneuen Cadillac zu erblicken. Normalerweise parkten nur Chevrolets und Fords auf diesem Parkplatz. Meine Mutter blieb stehen und blinzelte über die Autodächer, neugierig, wer in dem Cadillac sitzen mochte. Aber alles, was sie sehen konnte, als der schnittige Wagen sich gleitend entfernte, war ein in einen roten Apfel beißendes silberhaariges Profil hinter einem sich in der Heckscheibe brechenden funkelnden Diamanten aus Sonnenlicht.

Während sie vier Tage später (natürlich hinterließen derartige Ereignisse eine Spur in dem für Eindrücke empfänglichen Gehirn meiner Mutter) in Arthurs Hängematte lag und darüber nachgrübelte, was sie aus ihrer Zukunft machen könnte, wurde sie durch schallendes Gelächter, das durch den Zaun aus Schlakkenblöcken drang, in die Wirklichkeit zurückgeholt. Einige Nachbarinnen spielten im angrenzenden Garten Bridge. Meine Mutter wollte sich gerade die Ohren zuhalten, als sie zwischen all dem Gekicher und Murmeln, das zu ihr drang, eine rauhe Stimme sagen hörte: »Meine Bibelgruppe wird jetzt heidnisch – wir beginnen mit unserer eigenen Pyramide.« Leise schlüpfte meine Mutter aus dem stramm gespannten Netz und näherte sich Zentimeter um Zentimeter dem Zaun. Sie konnte nur Geflüster vernehmen, aber das Stimmengewirr, das sie hörte, faszinierte sie gerade deswegen, weil es aus Geflüster bestand.

»Arthur«, rief sie sofort, als er von der Arbeit nach Hause zurückkehrte, »ich habe das Gefühl, da draußen geschieht etwas Großartiges ohne mich.«

Sie erzählte ihm von den Nachbarinnen und was sie im Garten mitgehört hatte und über die silberhaarige Frau und was sie im Supermarkt aufgeschnappt hatte. Als sie Luft geholt hatte, beschrieb sie den nagelneuen Cadillac und den roten Apfel.

»Gloria«, sagte Arthur. »Ich weiß nicht, was du nebenan gehört hast, aber die Tatsache, daß du eine alte Frau siehst, die in einem Lebensmittelladen einen Apfel kauft, und später eine Frau mit grauen Haaren siehst, die in einem Cadillac einen Apfel ißt, bedeutet nicht unbedingt, daß es sich um dieselbe Person handelt. Es könnte einfach Zufall sein.«

Meine Mutter setzte sich auf die Fensterbank und seufzte. Es war unmöglich festzustellen, ob sie zum Horizont blickte oder tief in sich hinein.

»Arthur«, sagte sie sanft, »Zufälle sind das einzige, womit wir Sterblichen unser Leben gestalten können.«

Zur Verteidigung meiner Mutter muß gesagt werden, daß es stimmte, daß während der ersten heißen Augustwochen alle nur über Pyramidenparties zu sprechen schienen. Man konnte weder das Fernsehen einschalten, noch das Radio anmachen, noch die Zeitung auseinanderfalten, ohne auf irgendeinen Bericht zu stoßen – sei es über eine Hausfrau in Arizona oder einen in den Ruhestand getretenen Klempner in Panorama City, die ihren Weg an die Spitze einer Pyramide gemacht hatten und mit einem Vermögen abgezogen waren.

Und darüber hinaus schlief meine Mutter nicht sonderlich gut. Immer wenn ich merkte, daß sie sich spät abends aus dem Bett bewegte, folgte ich ihr und fand sie auf der dunklen Veranda, bewegungslos und ohne zu blinzeln. Um sie herum wehte der Wind, das Schwimmbecken der Nachbarn plätscherte, und das Haus knarzte, und das trockene Laub raschelte unter ihren nackten Füßen. Ohne hinunterzuschauen, hob sie ein Bein und schwankte wie ein Flamingo in ihrem vom Wind gekräuselten rosafarbenen Nachthemd, packte den freien Fuß mit gnadenlos abgekauten Fingernägeln, nahm jedoch nie ihre Augen von der dämmrigen, unter ihr im Tal ausgebreiteten Metropole.

»Was ist bloß mit mir los?« fragte sie uns beim Frühstück.

»Was passiert eigentlich? Früher hatte ich meinen Finger am Puls der Zeit ... vielleicht nicht von Amerika, aber zumindest von Südkalifornien und Nevada. Ich hatte eine Vorstellung von dem, was die Öffentlichkeit wollte. Ich will damit nicht sagen, daß ich so eine große Nummer war wie Walt Disney oder Howard Hughes oder so was. Aber, Leute, ich hätte die Pyramiden kommen sehen müssen. Ich hätte mit einem eigenen Plan darauf vorbereitet sein sollen.«

»Gloria«, sagte Arthur und schenkte sich eine dritte Tasse Kaffee ein, »ich möchte nicht überheblich erscheinen, aber wenn ich an deiner Stelle wäre und so besessen –«

»Besessen bin ich nicht«, verbesserte ihn meine Mutter, »ich bin besorgt.«

»Schon gut, dann eben besorgt. Auf jeden Fall, was ich sagen wollte, ist dies: Wenn dir die Pyramiden so viel bedeuten, warum trittst du dann nicht einer Gruppe bei und hörst auf, dich zu beschuldigen, daß du sie nicht erfunden hast? Gönn es dir, du brauchst ja nicht fünfzehnhundert Dollar zu riskieren. Wenn du möchtest, rufe ich Frau Talbot von nebenan an und frage sie, ob du dich auf die Liste für ihre Hundert-Dollar-Gruppe setzen lassen kannst.«

»Niemals«, sagte meine Mutter.

Arthur seufzte und schüttelte den Kopf. »Gloria, du hast es selbst gesagt – alle wissen, daß es eine Masche ist. Amüsier dich.«

»Verstehst du denn nicht? Ich habe moralisch nichts gegen das Konzept der Pyramide einzuwenden«, erklärte meine Mutter, »es ist die Verpackung.«

Sie legte ihre Gabel hin, wischte ihre Lippen mit der Papierserviette ab, stützte ihre Ellbogen auf den Tisch mit der Plastikplatte und lehnte sich über den eigelbverschmierten Teller.

»Als Kim noch ein Kleinkind war«, begann sie, »lange bevor ich mein Parfüm-Imperium aufgebaut habe, habe ich im Gesundheits- und Schönheitsbereich gearbeitet. Erinnerst du dich eigentlich an die Zeit, Kim?«

Ich schaute zu Arthur hoch. Wir saßen einander gegenüber. Ich berührte seinen Knöchel mit meinem besockten Fuß und zuckte mit den Schultern.

»Also, wir fingen gerade an«, fuhr meine Mutter fort. »Ich war selbst fast noch ein Kind. Auf jeden Fall zogen wir beide zu all diesen Schönheitstagungen und regionalen Messen und verkauften unsere Ware. Zu der Zeit hatte ich einen Exklusivvertrag für ein Produkt mit dem Namen Träum-es-weg. Es war eine Art Lösung, die du abends ins Bad gibst, und am nächsten Morgen wachst du vier oder fünf Pfund leichter auf. Kim und ich schleppten das tragbare Bad überall hin. In den freien Minuten ließ ich sie dann mit ihren Gummienten und Bällen spielen. Natürlich ohne Lösung. Also bitte, versteh mich nicht falsch. Ich war mir ziemlich sicher, daß das Zeug nichts nützte, aber falls ich mich irren sollte, und Kimmy war nur ein dünner Strich in jenen Jahren, wer weiß, wäre sie ja vielleicht verschwunden. Und ich war verrückt nach dem Kind.

Auf jeden Fall, eines Tages bauten zwei Muskelpakete auf der gegenüberliegenden Seite eine Bude mit ihrer Hantelausrüstung auf – eine ganze mittelalterliche Folterbank –, während Kim und ich die letzten Eimer mit heißem Wasser in unsere Wanne gossen, und als sich die Tagungstüren öffneten, hob ich Kim auf meinen Schoß und sagte: ›Schau, Süße, auf der einen Seite des Gangs ist Wirklichkeit‹ – ich zeigte auf die Hanteln – ›und auf der anderen ist ein Traum‹ – ich zeigte auf unsere Wanne. ›Wollen wir doch mal sehen, was die amerikanische Öffentlichkeit möchte!‹ Was ich verkaufe, ist der Traum, Arthur. Das ist meine Berufung.«

Arthur sagte gar nichts. Er aß langsam sein Ei weiter und trank von Zeit zu Zeit einen Schluck Kaffee.

»Also«, fuhr meine Mutter fort, »nehmen wir einmal ein Verpackungskonzept, das vertrauter ist, etwas, was zu deinem eigenen Bereich Bezug hat, Arthur. Was ist der Unterschied zwischen den technischen Details eines Cadillacs und denen eines Fords?«

»Gloria, ist das jetzt eine rhetorische Frage oder willst du wirklich, daß ich sie dir beantworte?«

Meine Mutter blickte überrascht. »Ich möchte wirklich, daß du sie beantwortest«, sagte sie.

»Also gut, ein Cadillac hat einen V-8-Motor und –«

»Flügel«, sagte sie. »Der Unterschied zwischen einem Cadillac und einem Ford besteht darin, daß die Heckflossen am Cadillac so entworfen sind, daß sie wie Flügel aussehen und die Illusion von Flug vermitteln. Wenn man einen Cadillac erwirbt, erkauft man sich für die paar extra Scheine den Traum, daß man diesmal abhebt und es schafft im Leben.«

Danach trank meine Mutter schweigend ihren Kaffee aus, reckte sich und schmierte sich noch eine Scheibe Toast und erwähnte die Pyramide nicht wieder.

Aber später am Tag bemerkte ich, daß irgend etwas los war. Sie erzählte uns, daß sie mit dem Auto eine Runde drehen wollte, aber sie fuhr nur bis zu der niedrigen Steinbrüstung am anderen Ende der Einbahnstraße und parkte das Auto in Richtung Westen. Regenwolken zogen über das Tal. Ihr Fenster war heruntergekurbelt, so daß ich sie von der vorderen Veranda aus deutlich sehen konnte (die anderen Scheiben waren alle undurchsichtig und spiegelten die schwarzen Haufenwolken, die sich auf sie zubewegten). Es kam mir vor, als säße sie stundenlang vom Wagenfenster eingerahmt, eine Hand auf dem Steuerrad, das Kinn auf die Hand gestützt.

Dann machte sie eine Kehrtwende, ließ ein paarmal den Motor aufheulen und raste davon. Drei Stunden später, nachdem sie ziellos durch den Sturm gefahren war und langsam an einer Autowaschanlage vorbeifuhr, wo derartiges normalerweise nicht stattfindet, hatte meine Mutter eine Erleuchtung – einer Vision nicht unähnlich, wie Heilige sie in ihren Wachträumen haben. Die Sonne war schon wieder rausgekommen, ihre Windschutzscheibe war streifig und schmutzig, und durch die prismenförmigen, von den Scheibenwischern zurückgelassenen Bogen sah sie eine Reihe fahrerloser Autos, die in den himmlischen Nebel fuhren. Sie schloß sich ihnen an, bezahlte, holte die Antenne ein, kurbelte die Scheiben hoch, fuhr auf das Fließband, gab die Kontrolle über ihr Steuerrad auf und ließ es zu, daß sie nach innen transportiert wurde. Wassertropfen schlugen und hämmerten auf ihr Dach, und dann spritzten Wolken von Seifenflokken gegen ihre Windschutzscheibe und riesige Bürsten wirbelten sie hoch zu Seifenschaum. Die Welt war Seifenschaum, und dann war die Welt lesbar, und sauber, und sie tauchte im Sonnenlicht auf: Die Stoßstangen dampften, die Heckflossen schillerten. Sie war durch Wände von Wasser, flutartige Überschwemmungen, heiße Winde gefahren. Es geschah hier und jetzt im hellen Tageslicht, auf dem Parkplatz einer Autowaschanlage, während der Angestellte die letzten Tropfen von der Windschutzscheibe abtupfte, daß meine Mutter die Idee hatte, wie man die Pyramiden neu vermarkten konnte.

»Arthur«, sagte sie, sobald sie durch die Haustür hereinkam,

»erinnerst du dich an diese Filme, wo Flugzeuge bei schlechtem Wetter starten und der Pilot bewußtlos wird und der Copilot einen Herzschlag erleidet und die Stewardeß die Kontrolle über das vom Sturm hin- und hergeschüttelte Flugzeug übernehmen muß? Und die Wolken sind so dicht, daß sie nicht einmal die Tragflächen erkennen kann? Und sie weiß nicht, wo sie ist und wohin sie fliegt? Und auf einmal macht sie einen innerlichen Sprung vor Zuversicht und bringt das Flugzeug und seine Passagiere in Sicherheit und – obwohl sie das natürlich nie auf der Großleinwand zeigen – führt ihr Leben zwangsläufig zu Erfolg und Vermögen? Arthur, ich habe heute abend so etwas wie diese Vision erlebt.«

Meine Mutter holte tief Atem, tupfte sich mit dem Handgelenk die feuchte Stirn ab und erläuterte ihr Konzept.

»Es wird ein Flugzeug geben, Arthur, das nur darauf wartet zu starten. Wenn der letzte ›Flugschein‹ verkauft ist, wenn das ›Flugzeug‹ voll ist, wird der Pilot die Flugpreise einsammeln und sich dann einfach davonmachen. Der Copilot übernimmt dann die Kontrolle, die Stewardessen werden Copilotinnen, die Fluggäste zu Besatzungsmitgliedern, und das einzige, was alle tun müssen, ist, Fluggäste zu finden, die bereit sind, darauf zu setzen, daß der Flug lange genug dauern wird, damit sie endlich in ihr Leben starten können. Als einer unserer ersten Passagiere wirst du, Arthur, sofort zum Piloten befördert.«

Arthur lachte. »Ich habe einen furchtbaren Orientierungssinn. So etwas klappt nie mit mir.«

»Konzentriere dich darauf, wo du hinfliegst, nicht von woher du kommst. Ich bin die Pilotin. Du kannst der Copilot sein, wenn du willst.«

Arthur saß oben auf der Armlehne und massierte langsam seine Schläfen. »Glaubst du wirklich, daß sonst irgend jemand mitfliegen will?«

»Es wird jede Minute ein Passagier geboren«, sagte meine Mutter.

Sie ging hinüber zu den Fenstern, zog die Gardinen beiseite und schaute hinaus.

»Wenn ich daran denke, daß ich mir das alles allein ausgedacht habe, dann bin sogar ich überrascht.«

Sie sagte, sie müsse sich setzen.

»Arthur«, fuhr sie fort und ließ sich in den Lehnsessel sinken und legte ihre Füße auf den Fußhocker, »alle investieren in Pyramiden. Warum nicht in ein Flugzeug? Sogar Frau Talbot von nebenan hat gestanden, daß sie in ihr kleines weißes Portemonnaie gelangt hat. Ich bin sicher, ich könnte sie und den Rest der Bibelgruppe überreden, ihre heidnische Pyramidengruppe zu verlassen und an Bord meines Flugzeugs zu klettern.«

Dann berührte sie den Hebel und stellte den Ruhesessel in aufrechte Position.

»Ich erzähle ihnen, daß sie Flugkarten für ›Revelations Airlines‹ kaufen. Ich gebe eine Abflugparty in einem Protzhotel. Sie heben wahrscheinlich ohne Flugzeug ab.«

»Gloria«, sagte Arthur leise und ergriff sie an den Schultern, »hör mir mal zu. Ich will ganz offen sein. Ich verstehe einfach nicht, was den Flugzeugplan eigentlich von dem Pyramidenplan unterscheidet.«

Meine Mutter rollte mit den Augen, seufzte laut und schüttelte ungläubig den Kopf.

»Ich kann einfach nicht glauben, daß du den Unterschied nicht siehst.«

Sie setzte Arthur hin.

»Also gut, schließ die Augen und sag mir, woran du denkst, wenn ich Pyramide sage.«

Arthur schloß seine Augen. »Ich sehe goldenen Sand«, sagte

er, »und ich sehe Kamele und eine Oase mit sich wiegenden Palmen.«

»Gut«, unterbrach ihn meine Mutter und schloß ihre Augen, »wenn ich an Pyramiden denke, sehe ich erschöpfte Sklaven, die ihre Illusionen und immer dünner werdende Hoffnungen durch ausgetrocknete Wüsten schleifen. Aber wenn ich an Flugzeuge denke, sehe ich den freien Himmel und die durchbrochene Schallgeschwindigkeit und Helden in silbernen Overalls.«

Sie holte Luft.

»Arthur, mir geht es nicht um die banale Arithmetik schnöden Geldverdienens. Mir geht es um die Aerodynamik menschlicher Träume.«

5

An jenem Abend war meine Mutter zu aufgeregt, um etwas zu essen, und ging früh zu Bett (wenn sie im Begriff war, Träume zu verkaufen, was gäbe es Besseres als Schlaf, um sich vorzubereiten?). Arthur und ich saßen uns gegenüber am Abendbrottisch, er spielte geistesabwesend mit seiner Papierserviette, ich benutzte die Gabelzinken, um in meinem Pudding zu stochern.

»Weißt du«, sagte er schließlich, »ich wünschte mir fast, deine Mutter würde ihr Parfümgeschäft wieder aufnehmen.«

Ich hörte auf mit dem, was ich gerade tat. »Bitte, misch dich nicht ein«, sagte ich.

Wir aßen bei Kerzenlicht (mein Hauch von Romantik), und ich konnte ihn durch die mandelförmige Flamme hindurch überhaupt nicht sehen.

»Ihr Plan ist ziemlich harmlos, Kim. Ich kann mir nicht vorstellen, daß irgend jemand sich dafür einschreibt. Und überhaupt wird sie sich morgen früh wahrscheinlich wieder für etwas ganz anderes begeistern.«

Ich entgegnete, daß ich das nicht glaubte. Ich sagte, es sei nicht das erste Mal, daß sie von einer Idee besessen sei. Und ich erzählte ihm von den Zeiten, als sie versuchte, an einen See angrenzende Wüstengrundstücke zu verkaufen, oder von ihrem Traum im letzten Jahr, auf Redondo Beach zollfreie Metalldetektoren einzuführen.

»Kim, bitte, ich verstehe.«

Ich starrte auf meine Turnschuhe, dann auf meine Hände, danach in die nervös auf dem Docht hin- und herzüngelnde Flamme. Ich sagte, ich wollte einfach nicht, daß er mit hineingezogen würde.

»Komm, sei nicht traurig, man weiß ja nie – vielleicht zieht sie diesmal das große Los und bekommt endlich das, was sie will.

Obwohl ich zugeben muß, daß ich nicht genau weiß, was es ist, das deine Mutter will. Eine Villa? Ein Schwimmbecken?« Er fing an, den Tisch abzuräumen und unsere Teller abzukratzen. »Kim, geht es dir gut?«

Ich nickte. Ich sagte, ich wollte mich nur für eine Weile hinsetzen. Dann blies ich die Kerze aus und beobachtete den aufsteigenden Rauch. Man konnte Arthur einfach nicht erklären, daß dieser Traum wie alle ihre anderen erst mit ihrem eigenen Abstieg enden würde. Sie würde nicht aufhören, bis sie sich selbst gegen Kaution aus dem silbernen Flugzeug entlassen würde, ihre vom Wind aufgesprungenen Fäuste fest um die großen Dollarscheine geballt. Meine Mutter machte sich nichts aus einem größeren Haus oder einem Schwimmbecken. An Besitztümern zeigte sie kein Interesse. Was meine Mutter suchte, schon immer gesucht hatte, war etwas weit ab von materiellen Werten, etwas, was ein großes Haus leer erscheinen ließ, dem Schwimmbecken seine Bedeutung raubte. Ich hatte meine Mutter gesehen, wie sie vor einem Spielautomaten mit Preisen gestanden hatte, genauso erstarrt angesichts all des Plastikschmucks, der Wasserspritzpistolen wie Cortés beim Anblick des Aztekengoldes. Natürlich war es für sie im Alter von vierundvierzig Jahren egal, was die Maschine auswerfen würde, einen Tutti-Frutti-Lutscher oder einen Messingring. Doch jedesmal, wenn sie eine Kupfermünze in den Schlitz warf, stockte ihr Atem. Was meine Mutter in der Gestalt eines Spielautomaten sah, der Grund, weshalb ihre Handflächen jedesmal feucht wurden, wenn sie den Kopf drehte, war genau der Grund, warum sie ihren Flugzeugplan ausgeheckt hatte. Sie lebte, träumte und atmete für solche erhabenen Momente zwischen Verheißung und Gewinn.

Sobald ich hörte, daß Arthur anfing, das Geschirr abzuwaschen, machte ich mich auf den Weg nach oben. Ich war entschlossen, sie davon abzuhalten, ihn mit hineinzuziehen. Sie schlief auf dem Rücken, die Arme auf der Brust verschränkt. Ich streckte mich auf dem Laken aus und legte meinen Kopf in ihren Schoß. Sie blinzelte träge und schüttelte ihre Träume ab.

»Es tut mir leid, daß ich dich aufgeweckt habe«, log ich.

»Ach, komm, das macht nichts, Liebling«, murmelte sie und umfing mich mit ihren Armen. Sie sagte, sie wollte sowieso aufstehen – mitten in der Nacht sei für sie die beste Zeit, Dinge zu planen.

»Mama, hör mir mal zu –«, ich konnte am Rhythmus ihres Atems erkennen, daß ich ihre Aufmerksamkeit hatte. Ich fing an, ihr über Arthur und mich zu erzählen, aber da es in Wirklichkeit fast nichts zu erzählen gab, lag ich nur da, und mein Kopf hob und senkte sich mit ihrem Atem.

Sie wand langsam eine meiner Locken um ihre Finger.

»Schatz?« fragte sie.

»Mami, ich mag Arthur sehr, sehr gern«, sagte ich.

»Schatz, das weiß ich. Ich auch. Das ist auch der Grund, warum ich ihn an der Basis in meinen Plan aufgenommen habe.«

»Tu es nicht.«

»Kimmy, ich könnte ihm das nicht antun. Hör zu«, flüsterte sie und küßte meine Stirn – plötzlich hatte ich das verzweifelte Gefühl, daß wir zwei scheue Wesen waren, die dasselbe Bett benutzten, wo zwar unsere Körper ineinander verschlungen waren, jedoch unsere Gedanken in verschiedene Richtungen radschlugen. »Ich weiß, es ist ein bißchen verfrüht, um eine Vorhersage zu machen, aber dieses Mal, dieses Mal glaube ich wirklich, daß wir es schaffen, Liebling.«

Meine Mutter war nie schöner, als wenn sie einen Plan vorbereitete. Während der nächsten paar Tage ging sie weder einkaufen noch an Ständern mit Boulevardzeitungen vorbei, noch füllte sie ihren Benzintank, ohne – ja, nicht gerade vorauszahlenden Fluggästen, aber aufrechten, hart arbeitenden Männern und Frauen zu begegnen, die ganz offensichtlich daran interessiert waren, mehr über ihre Abflugparty zu hören. Falls diese Leute durch die Pläne meiner Mutter in Versuchung gerieten – dann nicht, weil sie sehr leicht zu beeinflussen gewesen wären. Es gibt seltene Individuen (Mutter ist eines von ihnen), die, durch eine Laune des Schicksals, als natürliche Anführer fungieren, mit deren Hilfe die vagen Sehnsüchte von uns übrigen in elende Bedürfnisse verwandelt werden. Hätte sie sich nur entschieden, etwas Handfestes zu verkaufen – Immobilien, Autos, Schatzanweisungen –, es ist schwer zu sagen, wie weit sie es auf dieser Welt gebracht hätte.

Nach ihren Berechnungen gab es vier Zutaten, die zu einer erfolgreichen Unternehmenskampagne gehörten: eine gute Idee, Erfahrung, eine praktische Strategie und ein unbekannter Faktor – nennen wir ihn X oder den erhöhten Sinn für die Möglichkeiten.

Das erste, was sie tat, war, sich nach einer Hotelsuite mit dem richtigen Ambiente für ihre Abflugparty umzusehen. Sie hätte ein Hotel mit Statuen aus Marmor und mit einer Nobellobby vorgezogen, wo die Pagen kardinalrote Uniformen mit silbernen Knöpfen tragen, aber sie gab sich mit einem zentral gelegenen Holiday Inn zufrieden.

Als nächstes schrieb sie alle ihre ehemaligen Parfümkunden an und lud sie ein, zu einer Party an Bord ihres Flugzeugs zu kommen.

Dann hängte sie sich an die Strippe und rief alle ihre alten Versandkumpel an (so lebensüberdrüssig sich diese Ränkeschmiede auch aufführten, waren sie gewöhnlich die ersten, die sich für ihre gegenseitigen Betrügereien einschrieben. Tatsache war, daß sie wirklich an ihre Arbeit glaubten).

Zum Schluß ging sie auf die Straße, um die Nachricht zu verbreiten und um frühere Kunden zu überzeugen, die interessiert schienen. Manchmal verschwand sie den ganzen Tag. Zu anderen Zeiten bat sie mich mitzukommen. Ich erinnere mich, wie ich eines Nachmittags wie in früheren Zeiten stolz auf sie war, als ich ihr zuhörte, wie sie einem ihrer Stammkunden in einem glühend heißen Waschsalon ihren Abflugsermon hielt. Gleichzeitig überkam mich eine unerträgliche Traurigkeit, als ich zusah, wie seine Socken und Hemden, Hosen und Turnschuhe durch die Bullaugen des Trockners fielen, fielen, fielen – im Innersten wußte ich, daß ihr Flugzeugplan nie fliegen würde.

Als der große Tag näher kam, verbrachte sie an den Abenden immer mehr Zeit mit Arthur. Sie bat ihn, ihr ein Bild von einem Flugzeug für einen Werbezettel zu malen. Sie wollte wissen, wann er sich anmelden würde. Sie wollte einige ihrer neuen Ideen an ihm testen. Sie wollte seine Meinung zu diesem und jenem wissen. Es schien so, als hätte ich nie mehr Zeit mit ihm allein.

Am Freitagabend – achtundvierzig Stunden vor ihrem großen Abflug, während sie noch ihre letzten Anrufe machte, suchte ich das ganze Haus nach ihm ab – oben, unten, Waschküche und Hof. Schließlich erblickte ich die brennende Garagenlampe. Arthur saß auf dem Trittbrett seines Packards und entfernte geistesabwesend den Dreck von den Kotflügeln. Ich setzte mich neben ihn. Ich hatte ihm nichts zu sagen, ich wollte ihm ganz einfach nur nahe sein.

»Wirst du dich anmelden?« fragte ich, nur um das Schweigen zu brechen.

Arthur hielt inne. Ich konnte die Vene an seinen Schläfen pulsieren sehen.

»Kim, bitte! Deine Mutter fragt mich das alle fünf Minuten!«

Ich stöhnte tief (ähnlich wie meine Mutter) und schlurfte rüber zur Garagentür und betätigte den automatischen Öffner. Ich sagte, es täte mir leid, ihn gestört zu haben. Ich hätte nicht gewußt, daß er seine Konzentration brauchte, um seinen Wagen zu waschen.

Ein Quadrat des Garagenlichts rollte als sich langsam bewegender Schatten die Auffahrt entlang.

»Kimberly, hör auf, es tut mir leid. Deine Mutter macht mich wahnsinnig, das ist alles.«

Und er ging mit mir hinaus in die Nacht. Wir setzten uns auf ein paar Felsen in der Nähe des Hawaii Tiki.

»Also«, fragte ich und stocherte mit einem Zweig im Gras, »wirst du dich anmelden?«

»Ich weiß es nicht.«

»Ich denke, du solltest sie nicht ermuntern«, sagte ich.

»Kim, welchen Unterschied macht es schon, ob ich deiner Mutter Geld gebe oder so tue, als ob ich für ihre total verrückte Flugzeugreise ein Ticket kaufe? Du weißt, daß ich ihr sowieso geben würde, was sie braucht.«

Zerfetzte weiße Wolken zogen vorüber. Motten flatterten im Licht der Straßenlampen. Gegenüber, in der Sackgasse, stieg Dampf vom Rasen hoch.

»Ich wünschte nur, alles wäre wieder so wie früher«, murmelte ich, »als du mehr Zeit mit mir verbracht hast.«

Eine Brise kam auf und trug Sprühregen zu uns herüber. Ich zitterte und legte meine Arme um meine Knie.

»Ist dir kalt?« fragte er sanft.

»Eigentlich nicht.«

Ich schüttelte den Kopf, und er wechselte über auf meinen Stein und legte seinen Arm um mich.

»Willst du reingehen?«

»Eigentlich nicht«, sagte ich.

Und eine ziemlich lange Zeit saß er mit mir auf dem selben Granitbrocken. Wir beobachteten Herrn Talbot, wie er seine Mülltonnen auf den Gehsteig zerrte. Dann stellte Frau Talbot den Rasensprenger ab, und der Rasen glänzte vor Tau. Im Tal unter uns erlosch reihenweise die Beleuchtung der Geschäfte, die große orangefarbene Leuchtreklame über Orange Julius hörte auf, sich zu drehen, und es gab nur noch ab und zu das Brausen des Verkehrs. Schließlich schlug Arthur vor, daß wir uns schlafen legen sollten, und wir trotteten nach oben. Im Wohnzimmer brannte die Schreibtischlampe meiner Mutter immer noch.

In der Nacht vor der Abflugparty war meine Mutter erschöpft von der Sorge um jede Kleinigkeit, die zum Erfolg ihres Flugzeugs führen sollte, war jedoch zu angespannt, um einzuschlafen. Sie brach auf Arthurs Couch zusammen, schloß eine Sekunde lang die Augen, legte ihre Füße auf die Kissen und versuchte an etwas zu denken, was sie immer entspannte. Sie stellt sich einen silbernen, an einer glitzernden Kette hängenden Anhänger und die faltenlose Handfläche eines Kindes vor, das versucht, ihn festzuhalten (sie weiß, daß die Handfläche ihre eigene ist, bevor Zeit und Verlust und Leben sich eingegraben haben). Dann betreten sie und das Kind das Vorzimmer des Schlafes, und alles erscheint wieder in lebhaften Farben. Sie erkennt ihre blaue Schuluniform, ihre Falten und die keksgroßen Knöpfe, ihre weißen Söckchen und schwarzen Mary Jane-Lackschuhe wieder, in deren glänzenden, polierten Oberflächen sie sich selbst als Siebenjährige sowie der silberne Anhänger, nach dem sie greift, widerspiegeln. Von dem Rektor der Grundschule in Laval, Quebec, erhält sie einen Preis als Beste in der ersten Klasse, und noch einmal, fast achtunddreißig Jahre später, erlebt sie das tief befriedigende Gefühl, für ihre Sorgfalt und beharrliche harte Arbeit anerkannt und belohnt zu werden. Dann fällt der Anhänger in ihre Handfläche, und sie nickt ein ...

Arthur war inzwischen auch oben und im Begriff einzuschlafen. Da er meiner Mutter den ganzen Samstag lang geholfen hatte, lag er erschöpft in seinem weißen Hemd und Hosen auf dem Sofa. Ein paar Minuten lang konnte er fast wieder die Stimme meiner Mutter hören – nicht die eigentlichen Worte, aber das singende Murmeln ihres Gesprächs vermischt mit dem Heulen einer Jetmaschine, die er diese Woche bei der Arbeit getestet hatte. Und er erinnerte sich an Ohrenschmerzen, die er einmal gehabt hatte, die wie Kolben in seinem Kopf hämmerten, und an seine Frau, die warme Salbenumschläge an sein Ohr drückte, und an die Nonsense-Gedichte, die sie ihm aufsagte. Mehr als alles andere wünschte er sich, wieder verheiratet zu sein. Er legte den Arm über die Augen und dachte wieder über meine Mutter nach. Er hatte immer noch keine Vorstellung, wer sie war, selbst nicht, nachdem er mit ihr geschlafen hatte; die Frau entzog sich vollkommen. Seit sie sich einmal auf ihren verrückten Plan versteift hatte, konnte er sie nicht dazu bringen, über etwas anderes zu reden. Er rollte sich auf den Bauch, drückte sein Gesicht in die warmen Kissen und erinnerte sich, wie er sich als Junge einmal nach dem Schwimmen gegen die warmen Kacheln gepreßt und mit dem chlorhaltigen Wasser die Umrisse einer Frau auf den heißen Zement gezeichnet und sich dann in dieser Frau ausgestreckt hatte, bis sie verdampfte – und so war es gewesen, als er mit Gloria geschlafen hatte. Er drehte sich auf die Seite und versuchte, sich das Gesicht seiner Frau zu vergegenwärtigen, stellte fest, daß er dies nicht konnte, und hatte einen Anflug von Panik. Ein Auto raste vorbei. Er sah eine zweimotorige Propellermaschine in Schräglage an sich vorüberziehen, am Steuer eine Frau, die eine Kreuzung war aus meiner

Mutter und mir und seiner Frau: ihr Gesicht dem Sonnenuntergang zugewandt, verbrannt, mit loderndem Haar. Eine salzige Träne brannte unter seinen Augenlidern, und er dachte: »Das reicht, du mußt dich zusammenreißen und entscheiden, was du machen willst.« Dann verloren seine Finger den Zugriff auf das Bewußtsein, und er stürzte in den Schlaf.

Ich lag ebenfalls im Bett, zwei Türen von Arthur entfernt, aber ich war bei vollem Bewußtsein und versuchte mir auszumalen, wie er aussah, wenn er aus der Dusche kam. Ich konnte mir den Dampf und den milchigen Badevorhang und Arthurs undeutliche Gestalt hinter seinem nebligen Faltenwurf vorstellen, aber das war alles. Es erschien mir, wenn ich ihn trotz des Dampfes und des undurchsichtigen Vorhangs nur klar erkennen könnte, wäre mein Bedürfnis nach ihm größer als das meiner Mutter, und er würde sich morgen nicht auf ihren Plan einlassen. Ich rollte mich auf die Seite und versuchte, ihn durch Willensanstrengung dazu zu bringen, zu mir zu kommen – nicht sein Schatten, sondern Arthur selbst. Und als er nicht kam, egal wie sehr ich mich konzentrierte, kletterte ich aus dem Bett, ging auf Zehenspitzen die Treppe hinunter, vergewisserte mich, daß meine Mutter schlief, schlich zurück, ging unbemerkt über den Flur und betrat Arthurs Zimmer.

Er schlief auf der Seite, sein linker Arm umarmte sein Kissen, sein weißes Hemd in dem grauen Licht war wie mit Bleistift gezeichnet. Der Mond war durch den Nebel undeutlich geworden. Ich schaltete seine Schreibtischlampe an, stellte mich genau in ihren Lichtschein und knöpfte meine Bluse auf.

Ich konnte Arthur nicht mehr sehen, er lag außerhalb des erleuchteten Ringes, aber ich spürte, daß er jetzt ganz wach war. Ich schlüpfte mit dem linken Arm aus dem Ärmel, dann mit dem rechten.

Ich konnte seine Bücher erkennen und die Messingrollen seiner Sofaliege und darauf die im Schatten liegenden Kissen, seinen Umriß, straff und ruhig.

Ich hatte weder einen Plan noch ein Ziel: Ich wollte mich ihm nur vorstellen. Ich hakte meinen BH auf.

Arthur bewegte sich nicht und blieb stumm. Ich schlüpfte aus meinen Jeans und ging näher an ihn heran und stand in dem blassen Rand des Lichts. Seine Augen waren geschlossen – das heißt, fest geschlossen –, und er tat so, als ob er schliefe. Ich verharrte dort etwas länger als fünf Minuten, aber er öffnete sie nicht. Dann trat ich einen Schritt zurück, machte die Lampe aus, nahm meine Jeans an ihren Gürtelschlaufen, hob meinen BH und meine Bluse auf und floh.

»Kim«, flüsterte er einige Minuten später vor meiner Tür, »darf ich reinkommen? Wir sollten miteinander sprechen.«

Ich lag ausgestreckt auf meinem Bett und hatte mein Gesicht in den durcheinandergeworfenen Kissen vergraben. Ich hatte mir keine Mühe gemacht, mich anzuziehen.

»Kim, bitte. Ich habe nichts gesehen.«

Ich wußte, daß er log. Ich würde ihm keine Antwort geben.

»Hör mir zu. Es gibt keinen Grund, warum du dich schämen solltest. Öffne bitte.«

Ich war erniedrigt, aber ich stand auf, so wie ich war, und öffnete die Tür. Ein paar Sekunden lang stand Arthur da und schaute mich unentwegt an, alles an mir, seine Hände in die Taschen gestopft. Sogar ohne Beleuchtung sah ich, daß sein Widerstand dahinschwand. In dem Augenblick wußte ich, daß ich ihn auf sein Sofabett zurückführen könnte, wenn nicht heute nacht, dann morgen oder die Nacht danach. Und ich wußte, daß Arthur das auch wußte.

»Kim.«

Ich brachte ihn zum Schweigen.

»Ich hole dir einen Morgenmantel.«

Ich bat ihn, das nicht zu tun, und lehnte meine Stirn gegen die Tasche seines Hemdes. Ich konnte seinen Füllfederhalter spüren und die metallene Patrone seines Druckminenstifts und unter seinem ledernen Scheckbuch das wilde Schlagen seines Herzens. Ich hob mein Gesicht und küßte ihn. Er entzog sich nicht. Einmal, als ich meine Augen öffnete, konnte ich sehen, daß seine Augen geschlossen waren.

»Kim«, murmelte er nach einer Weile und ruhte sein Kinn endlich oben auf meinem Kopf aus. »Kim, bitte, du weißt, dies ist unmöglich. Du weißt, wir können nicht, ich kann nicht.« Aber er klang nicht überzeugend.

Ich begann wegen der Klimaanlage zu zittern, und so legte er seine Arme um mich, seine Hände waren auf meinem Rücken, seine Fingerkuppen streichelten mein Rückgrat. Meine Mutter mußte etwas gehört haben, denn einen Augenblick später hörten wir ihre korkbesohlten Holzschuhe das Wohnzimmer durchqueren, dann klapperte sie durch die Eingangshalle. Am Fuß der Treppe rief sie vorsichtig unsere Namen.

»Ich muß gehen«, flüsterte Arthur.

Ich schüttelte den Kopf.

»Kim –«

Meine Mutter begann, die Stufen heraufzukommen, und fragte, ob noch jemand wach sei.

Ich drückte mein Gesicht an seine Brust.

»Kim, bitte.«

Er drehte sich um, hielt inne, und trotz der sich nähernden Schritte meiner Mutter barg er zärtlich meinen Kopf in seinen Händen und küßte mich auf die Stirn. Dann ging er rasch die Treppe hinunter und traf sie auf halbem Weg. Sie sagte, sie könne auch nicht schlafen, wegen der Abflugparty und all dem. Sie wüßte, daß es mitten in der Nacht sei, daß er wahrscheinlich verrückt würde, wenn er sich die ganze Zeit ihre Flugzeugpläne anhören müsse, aber sie bat für nur wenige Minuten um sein Gehör – er sei immer so objektiv. Sie hatte einige neue Ideen. Ja, eigentlich nicht wirklich neue, aber einige leichte Abänderungen bezüglich –

Ich schloß meine Tür, ließ mich auf die Bettdecke plumpsen und schlief zu dem Gemurmel von den Plänen meiner Mutter ein.

Dann setzte ich mich auf, kalt und desorientiert. Wolkenschatten glitten über die Fensterrollos. Es war 5.53 Uhr morgens. Ich wickelte mich in die Bettdecke ein und ging auf die Treppe zu. Die Sonne hatte das Wohnzimmer noch nicht erreicht, und alles war in einen bleiernblauen Dunst getaucht. Ich sah meine Mutter durch die Balustradenstäbe. Sie lag auf der Couch, ihre Augen waren geschlossen, ihr Arm über die Kissen drapiert. Neben ihrer Hand lagen Papierbälle von Notizblockblättern und Arthurs goldener Füllfederhalter. Ich ging langsam die dunklen Treppenstufen hinunter. Auf dem ersten Treppenabsatz saß, die Knie angezogen, den Kopf an die Wand gelehnt, Arthur. Er sah mich nicht. Er sah erschöpft aus. Ich spürte, daß er jetzt keine Gesellschaft haben wollte. Sein Hemd, die Schatten unter seinen Augen, sogar sein Ehering waren in das kalte Morgenlicht getaucht. Ich zog mich leise wieder nach oben zurück, kuschelte mich unter die Bettdecke und fiel in einen tiefen und unruhigen Schlaf.

Das nächste, was ich mitbekam, war, daß es Mittag war und meine Mutter unser Kabriolett aufheulen ließ. Ich schlüpfte in ihren Morgenmantel und rannte nach unten, aber als ich unten ankam, hatte sie die Auffahrt bereits verlassen und raste davon. Eine Notiz lag auf dem Kaffeetisch:

Du sahst so friedlich aus, als du schliefst, Liebling, daß ich es nicht gewagt habe, dich zu wecken. Arthur ist bereits im Hotel und hängt die Poster auf! Ich wollte die letzten Telefonanfragen noch abwarten! Kannst du für mich ans Telefon gehen? Ich rufe dich an, sobald wir landen!! Wünsche mir viel Glück! Gute Reise! Mami.

Es gab sieben Sätze und fünf Ausrufezeichen. Keine Telefonnummer, unter der ich sie erreichen konnte. Ich knüllte die Notiz zusammen und warf sie in den Abfalleimer. Ich war wütend, daß sie mich nicht geweckt hatte. Ich setzte mich an ihren Schreibtisch. Die Schubfächer waren vollgestopft mit Papierfetzen, gekritzelte Namen ohne Telefonnummern, krakelige Telefonnummern ohne Namen. In einem Schubfach lag ein Notizblock voller Kritzeleien – eine Unzahl von Profilen derselben Frau: Wimpern wie bei Kewpie-Puppen, herzförmige Lippen. Ich schloß einen Augenblick lang die Augen und versuchte mich zu entspannen, aber das einzige, was ich sehen konnte, war meine Mutter, die eine Herde dieser identischen Frauen quer durch die Wüste führte, weg von den Pyramiden. Sie blieb beharrlich bei ihrer Ansicht, daß ein Flugzeug kommen würde, um sie zu retten. Nach einer Weile muß ich wieder eingenickt sein, denn die Damen verschwanden. Und die Wüste wurde schwarz. Und ich konnte wirklich weder etwas sehen noch hören außer einem konstanten Wind und der Stimme meiner Mutter.

»Hierher«, rief sie in meinem Traum, »hierher. Hallo, hallo. Ist da draußen irgendwer?«

6

Drei Stunden später klingelte des Telefon.

»Deine Mutter fliegt das Flugzeug. Ich bin der einzige Passagier.«

»Fühlst du dich okay, Arthur?«

»Ja, deine Mutter meint, wenn sich demnächst niemand zeigt, werde ich befördert. Sie wird mich zum Copiloten machen. Ich denke, Kim, du solltest schnell hierherkommen, solange sie noch besessen ist.«

Ich rieb mir mit dem Saum ihres Morgenmantels den Schlaf aus den Augen. Ich fragte ihn, warum er sich heute morgen nicht von mir verabschiedet hätte. War er wegen gestern nacht verärgert?

»Kim, du bist die letzte, mit der ich böse bin. Können wir uns über gestern nacht später unterhalten? Dies ist jetzt sehr wichtig. Hör mir gut zu. Ich habe deiner Mutter etwas Wichtiges gegeben. Sie ist im Augenblick sehr verstört und durcheinander. Paß auf, daß sie es nicht verliert.«

Ich wußte nicht, wovon er sprach. Ich sagte ihm, ich wolle, daß er von da abhaue und nach Hause käme.

»Das ist nicht möglich. Deine Mutter hat sich mit dem Haustelefon in der Toilette eingeschlossen und versucht, die Leute vom Zimmerservice zu überreden, an Bord zu kommen.«

Dann schlug ich ihm vor, er solle sie einfach da lassen. Abhauen, wie meine Mutter sagen würde.

»Kim, bitte, deine Mutter braucht dich. Im Besteckfach liegt ein Busfahrplan. Da müßte auch etwas Kleingeld liegen. Wenn nicht, ich bewahre immer ein bißchen Bargeld in meinem Schreibtisch auf, in der rechten –«

Ich sagte, ich wüßte bereits, wo es läge. Ich wollte über letzte Nacht sprechen. War er mir böse?

»O mein Gott, Kim, nein.«

Sagte er das nicht einfach so?

»Ich sage das nicht einfach so.«

»Schwörst du das?«

»Kimberly, ich schwöre es. Wenn letzte Nacht irgend jemands Fehler gewesen war, dann war es meiner. Ich hätte es vorhersehen und stoppen sollen, bevor es zu spät war.«

Ich wollte wissen, was er mit zu spät meinte.

»Nichts«, sagte er leise. »Gar nichts, Schatz.«

Er hatte mich noch nie vorher Schatz genannt. »Und wirst du dasein, wenn ich hinkomme?« Etwas in dem gepreßten Ton in seiner Stimme machte mir angst.

»Beeil dich, Schatz. Und denk daran, paß sehr, sehr gut auf dich und deine Mutter auf.«

Ich sagte ihm, ich hätte es satt, auf meine Mutter aufzupassen. Sie käme immer zwischen –

»Kim, bitte, ich glaube, sie wird abstürzen.«

»Das bezweifle ich«, sagte ich und wiegte den Hörer, »weil ich sie vorher umbringen werde.«

Wenn eine Person ermordet wird, so stand es in den Boulevardzeitungen, wird sie im Jenseits nicht von ihren verstorbenen Lieben begrüßt, sondern von toten Bekannten, die sich zu Lebzeiten nur am Rande ihres Daseins aufhielten – Dienstmädchen, der Postbote, ein Hotelpage. Da unser chemisches Make-up dem von Seewasser sehr ähnlich ist, stellte ich mir vor, wie diese gespenstischen Gastgeber als wäßrige Umrisse, durchsichtig wie Wasserlachen, meine Mutter begrüßten (nachdem ich sie erdrosselt hatte), durch die meine Mutter zum ersten Mal in ihrem Leben sehen könnte, wie aufgewühlt die Seelen anderer waren. Gerade erst verstorben und immer darauf bedacht, Freundschaften zu schließen, würde meine Mutter zu einer Umarmung ansetzen, aber ihr immer noch warmer Körper würde es unmöglich machen: Die Hitze ihrer gierigen Finger würde sie vor ihren Augen verdampfen lassen.

Ich holte das Kleingeld aus Arthurs Besteckfach und fuhr mit dem Bus zum Holiday Inn.

»Ich suche eine Party, die als Flights Unlimited registriert ist. Haben Sie eine Suitenummer?« fragte ich den Hotelangestellten.

»Es tut mir leid. Aber diese Leute sind bereits abgereist.«

Einen verrückten Moment lang dachte ich, Mutter hätte es geschafft.

»Die Frau ist, ohne zu zahlen, abgereist, sie hat das Zimmer wie einen Saustall hinterlassen, und zwei unserer Handtücher fehlen.«

»Hat sie nicht gesagt, wohin sie gegangen ist?«

»Wohl kaum.«

»War ein großgewachsener Herr bei ihr?«

»Ich kann mich nicht daran erinnern.«

»Darf ich mir die Suite anschauen?«

»Nicht ohne die Rechnung der Dame zu begleichen.«

Ich ging zur Lobby hinüber, schlüpfte hinter eine Plastikpalme und machte kehrt und nahm den Bedienstetenfahrstuhl bis zur letzten Etage. Ein Zimmermädchen rumpelte mit dem Wäschewagen den mit einem Paisleymuster ausgelegten Gang entlang. Ich blockierte ihr eine Sekunde lang den Weg und fragte sie, ob sie wüßte, wo sich Flights Unlimited traf.

Sie musterte mein zerknittertes T-Shirt, die ausgefransten Jeans, die Gummilatschen an meinen Füßen und zeigte widerstrebend auf die letzte Tür.

»Oh, danke«, sagte ich und wirbelte herum.

Sie schob den Wagen hinter mir her und folgte mir auf den Fersen. Eigentlich, so bekannte sie, hatte sie selbst daran gedacht, eine Flugkarte zu kaufen. Wußte ich irgend etwas über die Dame, die das Ganze leitete?

Ich griff nach dem Türknauf und rüttelte am Schloß. »Könnten Sie die Tür öffnen?«

»Es tut mir leid«, sagte sie.

»Bitte.«

»Es ist gegen unsere Regeln«, verkündete sie und spähte nervös den leeren Korridor entlang. Dann senkte sie die Stimme und fragte, ob ich hier sei, um einen Sitzplatz zu reservieren. Sie hatte mitgehört, wie einige der Hoteljungen die Last-minute-Angebote der Dame besprachen (offenbar gab Mutter in letzter Minute Rabatte).

Ich sagte, ich würde die Pilotin nicht nur kennen, wir wären so, und hielt meine rechte Hand hoch, verhakte zwei Finger ineinander und drückte den Lebenssaft aus dem einen, der Mutter symbolisierte. Ich würde ihr für diesen Flug ein Geschäft vermitteln, egal wann es abfliegen, egal wo es landen würde.

Sie erwähnte, sie habe auch eine Freundin, die beim Zimmerservice arbeiten würde.

»Glauben Sie mir«, sagte ich. »Bei diesem Flug gibt es für alle Fensterplätze.«

Endlich schloß sie die Tür auf.

Das französische Bett war mit Kartoffelchips übersät. Ein paar Poster waren mit Tesafilm über dem Fernseher befestigt. Neben den Rauchglasfenstern lagen Dutzende unbenutzter Styropor-Kaffeebecher und ein Haufen Anzeigen meiner Mutter. Ich öffnete die Badezimmertür. In der Toilettenschüssel aus Porzellan schwammen die Überreste von Mutters Flugplänen, zerrissen, aufgeweicht, ihre mit Tinte geschriebenen Gleichungen zerflossen. Ich setzte mich auf den Badewannenrand und spülte sie hinunter. Etwas an dem blauen Wasser und den kreiselnden Fetzen mit ihrer geschwungenen Handschrift machte mich unerträglich traurig: Sie war nicht nur exzentrisch oder eigenartig oder unerwünscht, sie war wirklich verrückt.

Ich trat auf den Balkon, um festzustellen, ob sie irgendwo zu sehen war.

Ein Regentropfen klatschte auf meine Füße. Drüben auf dem Parkplatz ließ sie unser blaues Kabriolett an. Ich raste die Treppen sechs Stockwerke runter und rannte atemlos hinaus.

Meine Mutter war zwischen zwei Cadillacs eingequetscht, aber ihr sonst neidischer Blick war weder auf deren rosafarben lackierte, geschwungene Heckflossen noch auf deren goldenen Kühlergrill gerichtet; sie starrte statt dessen ins Leere über einem freien Parkplatz. Der trockene Umriß des noch vor kurzem dort geparkten Autos wurde von den Regentropfen ausgelöscht. Und sie sah absolut niedergeschlagen aus.

»Kurbel das Fenster runter und gib mir die Schlüssel«, sagte ich.

Sie kurbelte das Fenster runter. »Wenn du mich berührst, sterbe ich.«

Ich berührte sie trotzdem. Ich legte sanft meine Hand um ihren Nackenansatz. »Du bist noch nicht tot, Mami. Wo ist Arthur?«

Sie zeigte auf die Parklücke. »Etwas Schreckliches ist passiert.«

»Ich weiß es schon.«

»Wirst du mich umbringen?«

»Ja.«

»Es ist nicht mein Fehler. Meinen Berechnungen zufolge hätte Arthur als reicher Mann landen sollen. Wie wirst du mich umbringen?«

»Ich spiele mit dem Gedanken, dich zu erdrosseln.«

»Vermutlich muß ich dafür meine Ohrringe abnehmen.«

»Nicht, wenn du dich nicht wehrst, Mami. Wenn du dich nicht wehrst, bin ich mir ziemlich sicher, daß du mit deinen Tropfenohrringen sterben kannst.«

Ich stieg neben ihr ein und übernahm das Steuer.

»Wohin fahren wir?« fragte sie.

»Arthur suchen.«

Ich reihte mich in den Verkehr ein, und wir rasten durch die nasse, mondlose Nacht. Bei einer Tankstelle ließ ich sie bei den Zapfsäulen stehen, während ich bei uns zu Hause anrief. Keine Antwort. Wenn er nach Hause gefahren wäre, hätte er jetzt da sein müssen.

»Mami, hat er gesagt, wohin er fährt?«

»Oh, Kimmy, ich erinnere mich nicht. Ich war sehr mit mir selbst beschäftigt.«

Ich machte die Handbremse los, und wir fuhren ruckartig los.

»Ich kann es einfach nicht glauben, daß du das gemacht hast«, sagte ich.

»Du gibst mir keine Chance, dir meine Seite der Geschichte zu erzählen.«

»Was? Was ist denn deine Seite der Geschichte?«

Sie starrte aus dem streifigen Beifahrerfenster. »Ich habe noch keine Seite.«

Ich hielt an der nächsten Tankstelle. »Mami, ich brauche noch eine Münze. Ich versuche es mal in seinem Büro.«

Sie wühlte in ihrer kalbsledernen Geldbörse. »Es tut mir leid, Kim. Alles, was ich habe, ist ein Fünfer und Arthurs Zahlungsanweisung.«

»Seine was?«

»Er hat für die ersten drei Sitzreihen im voraus gezahlt.«

Das war es also, was er gemeint hatte, als er sagte, er würde ihr etwas geben. Ich lehnte meinen Kopf gegen das kalte Steuerrad und fing an zu weinen.

»Kimmy, sei mir bitte nicht böse.«

Ich wollte nicht mit ihr sprechen.

»Kimmy, ich gebe ihm sein Geld zurück.«

Ich wollte sie nicht anschauen.

»Kimmy, hör mir mal zu«, sagte sie und streichelte mein Haar. »Während ich auf dich gewartet habe, bin ich im Kopf immer wieder das ganze Flugzeugdesaster durchgegangen, und ich verstehe nicht, wofür ich allein die Schuld tragen soll. Gut und schön, ich hätte wahrscheinlich ein bißchen mehr Vorarbeit vor der Party leisten sollen. Ich hätte mich auf eine noblere Klientel stürzen sollen. Aber ich denke, das Konzept ist spektakulär. Hätte ich eine zweite Chance ... tja ... ich würde das Ganze noch einmal machen. Natürlich würde ich einiges verändern. Zuallererst würde ich ein exklusiveres Flugzeug entwikkeln, sagen wir mal einen Privatjet mit zehn Sitzplätzen, oder besser noch, eine Rakete.«

Ich stieß ihre Hand weg und schaute sie mit wilden Augen an. »Mami«, schrie ich, »selbst wenn es für eine Million Dollar wäre, welcher Pilot, der klar im Kopf ist, würde sich ins All katapultieren lassen?«

»Ich«, sagte sie sanft. »Ich würde es tun.«

Sie behielt ihre weitgeöffneten, glasblauen und blutunterlaufenen Augen auf mich gerichtet. Unter ihren falschen Wimpern brannten echte Tränen.

Es gab kein Donnern, kein Aufblitzen ozonblauer Einsicht: Ich vergab ihr einfach.

Als wir nach Hause kamen, war das Haus dunkel, und Arthurs Packard war nicht zu sehen. Die Garagentür stand offen (er ließ sie niemals offen), und ich bemerkte, daß ein Vorhang von Regen bis zu der Öllache geweht worden war. Die Haustür war nicht verschlossen. Die Fußmatte hielt immer noch den Abdruck seines matschigen Absatzes. Noch bevor meine Mutter das Licht anmachte, wußte ich, das alles schiefgelaufen war. Zwei Briefe warteten auf dem Kaminsims auf uns.

Meine Mutter öffnete ihren:

Liebe Gloria,
bitte verstehe, daß diese Entscheidung mit großem Schmerz getroffen wurde. Ich möchte nicht, daß Du Dich in irgendeiner Weise beschuldigst. Du bist für mein Fortgehen nicht verantwortlich. Ich wäre sowieso gegangen, reich oder arm, Pilot oder Passagier. Es ist einfach noch zu früh für mich, nach dem Tod meiner Frau mit irgend jemandem zu leben. Jetzt weiß ich das. Es tut mir leid, daß ich Dich und Kim auf eine so feige Art verlasse, aber hätten wir vorher darüber gesprochen, hätte ich vielleicht nicht die Kraft gefunden, fortzugehen. So ist es für alle am besten. Glaub mir bitte, Gloria.
Die Zahlungsanweisung, die ich Dir gegeben habe, müßte die Miete und Ausgaben decken, wenn Ihr, Du und Kim, entscheidet, hier zu bleiben, bis sie die Schule beendet hat. Der Mietvertrag für das Haus ist noch ein Jahr gültig. Die Möbel gehören Dir, wenn Du sie willst. Ich hoffe, daß Du mir eines Tages verzeihst.
Arthur

Ich riß meinen auf:

Liebste Kim,
letzte Nacht ist mir bewußt geworden, daß ich nicht gefahrlos mit Dir leben könnte und verantwortlich sein, für das, was vielleicht ...

Ich zerriß meinen Brief in zwei, vier, acht, sechzehn, zweiunddreißig Teile. Ich wollte ihn nicht lesen. Ich überprüfte den Schrank im Arbeitszimmer, ob er seine Kleidung mitgenommen hatte (hatte er) und die Kiste mit seinen Arbeitsentwürfen (hatte er). Dann setzte ich mich auf die vordere Veranda und wartete auf ihn, überzeugt davon, daß er seine Meinung ändern würde. Nach einer Weile kam meine Mutter nach draußen und gesellte sich zu mir. Jedesmal, wenn das Licht von Scheinwerfern vorbeizoomte, schauten wir beide auf und verfolgten sie bis zu dem Punkt, wo sie verschwanden.

Ungefähr eine Stunde verging. Der Regen wurde zu einem

wehenden Nieseln. Meine Mutter überredete mich, endlich reinzugehen.

Wir ließen uns auf sein Sofa fallen. Sie faltete ihren Brief wieder auseinander und las ihn noch einmal langsam. Ich versuchte, die Puzzleteile von meinem wieder zusammenzufügen, aber es war hoffnungslos. Dann erinnerte ich mich an seine Zigarrenkiste mit den alten Fotografien und beruhigte mich, daß, wenn er sie nicht mitgenommen hatte... Ich raste nach oben. Die Schublade war leer. Ich ließ mich auf seine Schlafcouch fallen, vergrub mein Gesicht in den Laken und sog seinen Geruch tief in mich hinein. Auf einmal erinnerte ich mich an andere Dinge, die er zurückgelassen haben könnte und die beweisen würden, daß er zurückkäme, wie zum Beispiel die Polaroidaufnahmen von seiner Frau.

Ich zog mit einem Ruck an der Schreibtischschublade. Er hatte sie nicht mitgenommen. Seine Taschentücher auch nicht. Ich prüfte das Arzneischränkchen im Badezimmer: Seine gestreifte Zahnbürste war ebenso noch da wie sein zweiklingiger Rasierapparat und seine Antihistamintabletten. Ich riß den Schlafzimmerschrank auf, um zu sehen, ob er seine Lieblingshausschuhe mitgenommen hätte. Da standen sie unter Staubflocken mit dem Abdruck seiner Füße in den Lammfellsohlen. Ich ergriff sie und ging nach unten, um sie meiner Mutter zu zeigen. Die aber war auf dem Sofa eingeschlafen, ihre Wange gegen die Nackenrolle gedrückt. Ich stellte seine Hausschuhe nebeneinander auf den Läufer, ließ mich neben meiner Mutter zusammensacken und nickte für eine Sekunde vollkommen erschöpft ein.

Dann brachen Arthurs Scheinwerfer durch die Rollos, und das ganze Haus war erleuchtet. Ich öffnete meine Augen. Aber der Strahl kam aus dem Vorzimmer meines Traums, und das wirkliche Zimmer um mich herum war dunkel und still und leer, außer der Silhouette meiner Mutter und dem Geräusch ihres flachen Schnarchens.

Arthur kam in jener Nacht nicht zurück, auch nicht am nächsten Tag oder am Tag danach. Ich rief sein Büro an, die Schwester seiner verstorbenen Frau, ein paar Ingenieure, mit denen er manchmal einen trinken ging, sogar den Arzt, der meine Mutter nach dem Unfall behandelt hatte, aber keiner von ihnen sagte, wo er war. Ihre Stimmen klangen kurz angebunden und kalt. Man konnte heraushören, daß sie dachten, daß Arthur richtig gehandelt hatte, zu fliehen, daß er verrückt gewesen war, uns überhaupt aufzunehmen. Und das einzige, woran ich mich erinnere, was den Rest der Woche betrifft, ist die immer gleichbleibende Sicht von der Veranda, wo ich Stunden verbrachte und auf ihn wartete – auf den geschnitzten Rücken des Tiki meiner Mutter, die blaue Eispflanze des Nachbarn, die Blechabfalleimer, die Gehwegeinfassung und die eingeritzten Adressen –, von der bleiernen Dämmerung bis zum sonnendurchfluteten Mittag bis zur Abenddämmerung bis zur endlosen Nacht.

Ich war am Boden zerstört.

Los Angeles hat wirklich Jahreszeiten. Nach der ruhigen Augusthitze und den Gewitterstürmen kommen die sengenden Septemberwinde. Meine Mutter und ich brauchten fast bis zum Ende der Sankt Anna-Tage, um uns einzugestehen, daß er nicht zurückkäme.

Wir saßen auf dem vorderen Rasen. Die Jahreszeit der Brände hatte begonnen. Auf der anderen Seite des Tals schwärzten die Flammen bereits den Bergrücken, wo in mehreren Terrassen die exklusiveren Häuser lagen. Von Zeit zu Zeit flammte ein ganzer Hügelabschnitt auf. Die Sonne war eine glühende Scheibe. Unsere eigene Straße schien sich in der Hitze zu krümmen. Es gab wirklich keinen Grund, länger hierzubleiben.

Ich wollte wissen, was wir tun würden.

»Ich weiß es nicht«, seufzte meine Mutter. In vielerlei Hinsicht war sie ohne Arthur verlorener als ich. Sie blinzelte hoch zum Himmel, dann runter auf die mit Kies bedeckte Auffahrt. »Ich kann immer noch die alten Bremsspuren von unserem Zusammenprall sehen.«

Ich blickte mit leidenden Augen auf die schwarzen Reifenspuren.

»Du warst wirklich in ihn verliebt, nicht wahr, Kimmy?«

Ich zuckte mit den Schultern.

»Ich habe es mir gedacht. Nenn es einfach mütterliche Intuition.« Sie steckte eine meiner Haarsträhnen hinter mein Ohr. »Vielleicht kommt er ja noch zurück?«

Ich schüttelte den Kopf.

»Ich glaube es auch nicht. Es tut mir so leid, Kim.«

Ich rieb mir mit dem Handrücken die Augen. Sie stützte sich auf den Ellbogen.

»Wenn du willst, können wir hierbleiben, bis du die Schule beendet hast.«

Ich sagte ihr, ich glaube nicht, daß ich ohne ihn in seinem Haus leben könnte.

Sie blinzelte zurück zur Veranda, zum Briefkasten, zu seiner Garage. »Ich glaube, ich schaffe das auch nicht«, seufzte sie. Dann stand sie auf, und ihr roter Schal flatterte hin und her. »Wir könnten ja wieder aufbrechen.«

»Ich will nicht ständig unterwegs sein.«

»Wie wäre es, wenn wir mitten in die Wüste ziehen würden?«

»Ich möchte nicht mitten in die Wüste ziehen.«

»Bist du dir ganz sicher? Meine Kunden aus Nevada haben bestimmt seit sechs Monaten keine Frau mehr angerührt. Die müssen jetzt überschäumen. Ich wette, wir können da ein Vermögen machen.«

Ich schüttelte wieder den Kopf, aber bei all dem Wind und Staub, dem Rauch und ihren Illusionen sah sie mich einfach nicht.

»Imperien stürzen zusammen, und aus ihrer Asche entstehen neue Imperien. Hat nicht Patricia Neal nach ihrem Schlaganfall ein großes Comeback gefeiert? Ich hatte nur eine Gehirnerschütterung, Kim.«

»Mami, setz dich hin und hör mir mal zu.«

Sie setzte sich.

»Ich halte mit dir dieses Jahr durch, bis ich die High School beendet habe, aber danach bist du allein. Ich möchte aufs College gehen.«

»Na gut, dann lebe ich in der Nähe deines Unicampus. Die Mitglieder dieser Studentenverbindungen triefen wahrscheinlich vor Pheromonen. Was hältst du von diesem Slogan für den Campus: ›Glorias Aphrodisiaka-Parfüm: Euer Lebenssaft wird von uns angezapft.‹«

»Mami, du hörst mich nicht.«

»Na schön, ich weiß, es stimmt noch nicht ganz, aber ich werde ganz einfach auf ein neues Marketingkonzept einschwenken, das die Studienanfänger anspricht. Ich habe das Gefühl, unsere Kunden fallen in die C minus-Kategorie.«

Ich blickte auf das Gras, dann auf den Dunst jenseits des Feuers und des Rauchs, wo die Ferne in ihrer eigenen Hitze zusammenzufallen schien.

»Mami, du kannst nicht mit mir kommen«, sagte ich.

7

Die schwarzweißen College-Szenen haben in meiner Geschichte keinen Platz neben Mutters Welt in Technicolor und Überlebensgröße. Während der vier einsamen Studienjahre, in denen jeder Riß in der Realität sofort durch die rationalen Erklärungsansätze eines Lehrers verkittet wurde, wurden mir ihre auf der Rückseite von Caféservietten und Postkarten gekritzelten Briefe wichtiger als Biologie oder Physik, Zeit, Raum oder Realität.

Wie konnte sich die Liste von Wissenschaftlern, die ich mir notiert und nachts wiederholt hatte, eine Litanei an Genies, die ich einmal nachzuahmen hoffte – Galilei, Newton, Einstein –, vergleichen lassen mit der Postkartenliste, die mir meine Mutter aus Hollywood, Kalifornien, geschickt hatte?

Liebe Kim,
ich habe mich gerade mit dem Friseur von Ernest Borgines Frau getroffen. Es gibt definitive Filmmöglichkeiten in meiner Lebensgeschichte. Vielleicht etwas, wie es sich Walt Disney erträumt hätte. Eröffnungsszene: ein ›Gesucht‹-Poster. Langsam wird die Polizeisketchmontage lebhafter, bis sie sich in die Schauspielerin auflöst, die mich darstellt. Wer? Wer? Wer?

Eine schulmädchenartig alphabetisch aufgeführte Liste von Schauspielerinnen füllte die übrige Postkarte:

Andrews, Julie
Ball, Lucie
Bancroft, Anne
Coca, Imogene (nur als Notlösung)
Dickinson, Angie
Jones, Jennifer
MacLaine, Shirley
Margret, Ann
Pleshette, Suzanne

Reed, Donna
Saint, Eva Marie
Seberg, Jean
Wood, Natalie
Young, Loretta

Wenn der Ursprung unserer Gattung uns, wie mein Anthropologieprofessor sagt, ein Rätsel aufgibt, und wenn alle unsere Gene ein Stratagem tierischer Merkmale tragen, bewegte sich meine Mutter dann nicht an der Grenze der Wissenschaft, wenn sie schrieb:

Ich bin gerade vom Postminister zu noch einer Nachgebühr verurteilt worden. Ich glaube nicht, daß er ganz menschlich ist, Kim.

Und wie sollte ich mich beim Büffeln für meine Semester-Zwischenprüfungen konzentrieren können, nachdem ihr Multiplechoice-Brief eintraf?

Hier ist das Problem: Eines der lokalen Fernsehprogramme bringt eine neue Version von What's My Line? *(erinnerst du dich an das alte Spiel, in dem Leute mit eigenartigen Berufen versuchen, ein Rateteam von geistreichen Berühmtheiten auszutricksen?). Ich habe mit einer Reihe von Leuten aus der Branche gesprochen, und sie waren sich alle einig, daß ich eine ideale Kandidatin wäre. (Denk nur an die freie Werbung! Was für ein perfekter Höhepunkt für die Filmversion meiner Lebensgeschichte!) Ich fülle gerade den Anmeldebogen aus. Meine Frage lautet: Wie soll ich auftreten??*
a. Soll ich versuchen, die Produzenten mit meinen Aphrodisiaka-Parfüms zu schockieren?
b. Soll ich versuchen, einige meiner weniger riskanten Produkte zu vermarkten, wie z. B. mein Gerät zur Gewichtsabnahme, das man an einen Staubsauger anschließen kann?
c. Erwähne ich einfach alle meine Produkte und lasse sie entscheiden?

d. Nichts der genannten.
Bitte schreibe mir so schnell wie möglich zurück. Ich kann nur noch daran denken.

Ich schloß mein Arbeitsheft. Ich streckte mich auf meiner Liege im Studentenwohnheim aus. »Mami«, schrieb ich ihr zurück, »ich glaube, du fährst am besten mit Antwort a.«

Während unseres Briefwechsels erhielt ich Briefe auf Papierservietten von Dolly's, Duke's, Bob's Big Boy, Howard Johnson's, ganz zu schweigen von den Truck Stops: The Pit, Bull and Beer, Gracie's. Mit Eselsohren versehene und zerrissene bunte Postkarten erreichten mich aus Needles, Kalifornien (eine riesige Nadel reckte sich in der Wüste), Las Vegas, Nevada (Liberace an seinem gläsernen Flügel), dem Queen Mary Ozeandampfer, Long Beach (*der* Queen Mary Ozeandampfer) und natürlich Hollywood, Kalifornien (Gloria Swanson mit einer Flügelsonnenbrille wie die meiner Mutter).

Ausnahmslos alle ihre Pläne verliefen im Sande und versickerten: Aus ihrem Parfüm-Imperium wurde nie wieder etwas, ihre Lebensgeschichte stellte sich als nicht vermarktbar heraus, die *New What's My Line?*-Produzenten vertrösteten sie immer wieder aufs neue, und nicht einmal sie war sich sicher, wie sie das Gerät zur Gewichtsabnahme, das man an einen Staubsauger anschließen konnte, vermarkten und verkaufen sollte. Von Zeit zu Zeit bekam ich R-Gespräche aus Tucson, Bullhead City, Thousand Palms oder San Bernardino. »Erinnerst du dich ...?« begann meine Mutter ausnahmslos.

»Erinnerst du dich an meinen Tiki aus Hawaii, Kim?«

»Wie könnte ich ihn nur vergessen, Mami.«

»Nun, vor ein paar Tagen bin ich, obwohl es vollkommen abseits meines Weges lag, an der alten Heimstätte vorbeigefahren.«

Mein Atem blieb stehen.

»Eine neue Familie ist eingezogen. Klassisch amerikanisch Sears Roebuck – Mutter und Vater mit sommersprossigen Kindern. Ich habe sie gefragt, ob Arthur eine Nachsendeadresse hinterlassen hätte.«

Pause, Telefonrauschen. Herzklopfen.

»Es tut mir leid, hat er nicht. Bist du okay?«

»Eigentlich nicht.«

Meine Mutter und ich schwiegen beide einen Augenblick. Ich hörte das dumpfe Trommeln ihrer abgekauten Fingernägel gegen die gläserne Telefonzelle.

»Willst du trotzdem etwas über meinen Tiki hören?« fragte sie endlich.

»Mami, mehr als alles andere in der Welt möchte ich in diesem Augenblick etwas von deinem Tiki hören.« Ich log nicht.

»Nun, Mr. Sears, Roebuck und Sohn versuchten, es mit Gabeln und Schaufeln im Vorgarten auszugraben. Sie verbrennen es wahrscheinlich gerade im Kamin, wo Arthur früher Hickoryscheite verwendet hat. Glaubst du, er denkt manchmal an uns?«

»Mami, wir haben ihn soweit gebracht, aus seinem eigenen Haus zu fliehen. Ich bin mir sicher, daß er die ganze Zeit an uns denkt.«

Dann legte ich auf, meine Stirn knallte gegen das Wandtelefon. Egal welche Fähigkeit zu studieren ich noch gehabt haben mochte, sie war verschwunden. Ich hatte gedacht, daß meine Liebe zu Arthur inzwischen vergangen wäre, aber sie war es nicht. An dem Abend streckte ich mich auf meiner Liege aus, heftete meinen Blick an die Decke und versuchte, meine Liebe durch Willenskraft zum Verschwinden zu bringen und mein Herz gegen ihn zu wappnen. Jedesmal, wenn eine Erinnerung an ihn aufstieg – seine Pfeife in einem Aschenbecher, der Geruch seines Eau de Cologne, seine Badelatschen auf den Badezimmerfliesen –, suchte ich sie nach ihrer Unwichtigkeit ab. Aber da meine Liebe jetzt nicht so sehr in meinem Herzen, sondern eher in meinen Erinnerungen angesiedelt war, sah ich, ohne daß ich mich davon abhalten konnte, seine Füße die Badeschuhe ausfüllen oder roch seine Haut unter dem Eau de Cologne oder beobachtete, wie die noch glühende Asche seiner Pfeife durch seinen Atem aufflammte. Und ich war wieder außer mir vor Sehnsucht.

In dieser Nacht schlief ich nicht. Ich lag zusammengerollt auf meiner Liege und starrte auf die Postkarten meiner Mutter, meine durcheinandergeratenen und desorganisierten Notizen, auf ein Foto, das ich von Arthur behalten hatte. Bis zum Morgen hatte ich mich entschieden, daß ich für eine Weile das College verlassen würde.

Ich packte meinen Matchbeutel und trampte runter an die Westküste. Ich schlief in gläsernen Kuppelbauten, in Volkswagenbussen, einmal unter einer krummen Zypresse bei suppigem Nebel, während der schwarze Pazifik neben meinen Ohren an den Strand spülte. Ich besuchte Be-ins und lungerte mit lauter Jeansbekleideten bei Love-ins herum, die Hände in die Taschen gestopft und auf Beobachterposten. Ich reichte den Joint an Fremde weiter und trank Wein aus Ziegenlederbeuteln, wie es griechische Bauern tun. Ich nahm Halluzinogene und sah die Welt, wie ich mir vorstellte, daß meine Mutter sie sah – ein Ort, wo die Ränder zwischen den Dimensionen Licht und Möglichkeiten bieten. Ich schlief mit Männern, um zu sehen, ob ich meiner Liebe zu Arthur etwas entgegenhalten konnte, und brachte mir gedankenlose, wenn auch vorübergehende Wonnen bei. Einer hatte Arthurs Ohren, ein anderer seine Handgelenke. Ich nahm vorübergehende Jobs an – als Erdbeerpflückerin, Artischockensortiererin, Vertreterin. Und jedesmal, wenn ich ein paar Scheine zusammenhatte, schickte ich einen Haufen Briefe an alle Postfächer meiner Mutter und wußte, einer würde sie erreichen. Eines Abends trafen wir uns an einem Truck Stop in der Nähe von Fresno, und in der Dämmerung am anderen Morgen, als ich an einem Schaufenster vorbeiging, sah ich, was aus mir geworden war – eine Nomadin wie meine Mutter, aber ohne ihre verrückten Träume.

Ich nahm den nächsten Greyhound-Bus zurück nach Berkeley. Ich schrieb mich im College ein. Ich paukte für meine Seminare. Als eine ihrer Postkarten eintraf, gestattete ich mir nicht, in ihre verrückten Pläne hineingezogen zu werden. Ich machte Fortschritte – A's in Physik, B's in Astronomie. Ich durchsuchte die Stellenanzeigen. Ich fand einen Job als Führerin in der Kinderabteilung des Oakland Planetariums, vorerst halbtags, nach bestandener Abschlußprüfung ganztags. Ich begann mich sogar nach den Mietpreisen für Wohnungen in den billigeren Vororten zu erkundigen – möbliert oder unmöbliert. Es war mir egal wie, solange die Wohnung einen festen Mietvertrag hatte.

Und in der Woche, in der ich endlich mein Examen ablegte, schickte mir meine Mutter ihre letzte Postkarte:

Warum investierst Du nicht in deine Zukunft, Kim, und wirst meine stille Teilhaberin bei einem Metalldetektor? Hast Du noch etwas von Deinem Studiendarlehen übrig?

Ich überwies ihr den Rest meiner schwindenden finanziellen Mittel. Dann schloß ich die Augen und stellte mir folgendes vor:

Meine Mutter steht auf einer Sanddüne. Sie trägt ihre geflügelte Sonnenbrille, kastanienbraune Hosen und ein gelbes, rückenfreies Top. Wind kommt gerade auf, und Quarz-, Amethyst-, Basaltkörner und Rosenblüten wehen über ihre Füße, die in Sandalen stecken, verwischen ihre Fußabdrücke, den verrückten, konzentrischen Weg, den sie genommen hat, um die Düne an diesem Strand zu dieser Stunde zu erreichen. Das Licht wird fahler. Der Himmel ist orangefarben, die See teergrün, mit Brechungen des Sonnenuntergangs, die vor- und zurückschwappen, vor und zurück in dem Trog träger Wellen. Meine Mutter durchkämmt den Strand mit ihrem Metalldetektor. Sie benutzt ein System zum Aufspüren und Bergen, ganz anders als irgendein System, von dem ich jemals am College gelesen habe. Sie ist weder gründlich noch methodisch, es gibt überhaupt keine Logik in ihrem Herumirren. Nein, meine Mutter schwingt ihren Metalldetektor wild auf und ab, immer wieder, die Dünen entlang, ihre Sandalen klappern, ihre geflügelte Sonnenbrille rutscht ihr über den Nasenrücken, während sie wie besessen den Sand nach verlorenen Reichtümern absucht. Sie hat ihre Augen nur auf das Metallmeßinstrument geheftet und hofft, hofft, daß die Nadel verrückt wird und von der Waage springt. An ihrer sonnenverbrannten Schulter hängt eine Plastikeinkaufstasche, in der all die Reichtümer liegen, die sie bis jetzt exhumiert hat: vier Zehner, acht Cents, drei Vierteldollar, eine Timex-Armbanduhr, eine Erkennungsmerke, in die *Rick liebt Lori* eingraviert ist, drei Anhänger – ein goldenes Herz, ein goldenes Pferd, ein goldener Tennisschläger –, eine Nagelschere und sechs Kugeln. Es ist fast Nacht, aber meine Mutter will nicht nach Hause gehen. Sand, See und Luft sind jetzt von derselben Farbe, eine Mischung aus Flieder und phosphoreszierendem Grün. Es ist wirklich zu dunkel, um noch irgend etwas zu erkennen, und so schwingt sie widerstrebend den Metalldetektor über ihre Schultern.

Aber was ich hoffe, ist dies: daß, obwohl sie es nie wußte, die Nadel auf ihrem Metallmeßinstrument verrückt wurde, daß unter einer der Sanddünen ein versunkener silbergrauer Mercedes-Benz mit roter Innenausstattung begraben liegt, daß, obwohl sie ihn nie fahren wird, sie ihre Sternstunde hatte. Man muß verstehen, daß der silbergraue Mercedes-Benz mit dem roten Innenleder nur eine Hülle ist, der zu Fleisch gewordene Geist, eine irdische Verkörperung von etwas viel Spirituellerem und Glorreicherem für meine Mutter. In einer wundersamen Sekunde wird ihr Leben voll Hoffnung und Wirrwarr, Traum und Ernüchterung zu einer irrsinnig komischen Anekdote, die man sich bei Aperitifs und Horsd'œuvres erzählt.

Dann macht sich meine Mutter auf den Heimweg, und das an den Strand plätschernde Wasser läuft über ihre kalten Zehen.

ZWEITER TEIL

Schwerelosigkeit

8

Ich fuhr wieder einmal auf einen windigen Wohnwagenpark, diesmal in die von Überflutungen vernarbten Canyons außerhalb von Searchlight, Nevada, wo meine Mutter vorübergehend gestrandet war. Ihr war vor zwei Wochen auf dem Weg nach Hollywood ein Kolben durchgebrannt (nach unzähligen Enttäuschungen war sie endlich als Kandidatin für *The New What's My Line?* angenommen worden). Sie bettelte, daß ich eine Woche freinähme, so daß ich in ihrer Jubelschar und auch ihr Chauffeur sein könnte. Ich war mehr als nur ein bißchen nervös: Mein eigenes Leben (erste Wohnung, ein Job seit sechs Monaten) war noch so zerbrechlich und unerprobt, daß ein starker Sog aus der Welt meiner Mutter es ganz einfach auflösen könnte.

Ich bremste oben auf dem Hügel. Ich mußte wegen der Höhe ständig schlucken und meine Augen reiben, denn von der Sekunde an, wo meine Reifen in den Park eingeschwenkt waren, blies alles mit doppeldeutiger Bekanntheit und verschwamm – Wäscheleinen, Türen mit Fliegenfenstern, Büsche (die gleiche Sorte Dorn- und Distelbüsche, an denen ich meine sechsjährigen Knie aufgekratzt hatte) – und dann, über meinem Fernlicht wehend, kam im Staub ein Saltos schlagender Gartenstuhl auf mich zu.

Es war fast dunkel, aber ich konnte hinter ein paar anderen

Wohnwagen immer noch unseren erkennen, wie er dem Wind trotzte, und ich konnte den Rücken meiner Mutter sehen, deren buntgestreifter Morgenmantel gegen ihre Oberschenkel schlug, als sie auf Zehenspitzen auf den Eingangsstufen stand und auf der falschen Straße in der falschen Richtung nach mir Ausschau hielt.

Ich hupte nicht, noch tat ich sonst etwas, ich wollte ganz einfach eine Weile hinter der getönten Windschutzscheibe sitzen und sie beobachten. Wie sie mit den Zehen den Boden berührte, wie ihr dünnes Haar nach hinten und nach vorn wehte, wie die Welt meiner Kindheit vor mir flatterte und wuchtete.

Und ich erinnere mich, wie ich laut vor mich hin sagte: »Du mußt dies nicht durchstehen. Dreh einfach um. Sie wird nicht einmal wissen, daß du hier warst. Ruf später mit irgendeiner Entschuldigung an. Ein wichtiger Durchbruch. Nein, eine wundersame wissenschaftliche Entdeckung am Planetarium, die zu einer bedeutenden Beförderung führen könnte (je weniger plausibel, desto eher wird sie es glauben), und die, sagen wir mal, würde am Montag stattfinden, und du müßtest dabeisein. Aber achte darauf, falls sie den Jackpot nicht gewinnt, daß du ihr von Zeit zu Zeit telegrafisch Geld überweist.«

Dann war ich aus dem Auto und in ihren Armen.

Meine Mutter und ich hatten uns fast zwei Jahre nicht gesehen (seit dem Tag, an dem wir uns während unseres gemeinsamen Monats des Sich-treiben-lassens in einem Truck Stop getroffen hatten). Ich setzte mich in den Korbstuhl. Sie sank in das Sofa, dann drehte sie sich herum und häufte die Polster aufeinander, so daß sie ganz aufrecht dasitzen konnte, um mich in meiner neuen Erwachsenenhaltung zu studieren: meine ersten Krähenfüße, meine mit Venen überzogenen Hände, die neue nervöse Angewohnheit, mir mit der Hand durch das Haar zu fahren.

»Hallo«, sagte sie.

»Hallo«, erwiderte ich.

Ich fuhr mir mit der Hand durch das Haar.

Sie fingerte am Saum ihres Morgenmantels herum und schaute mich unentwegt an. Ich wußte, sie schlug sich mit dem Problem herum, wie sie mich über mein Leben befragen könnte, aber alles, was ihr einfiel – Wohnungsmiete und Autokosten, Quasare und Gammastrahlen –, lag einfach außerhalb ihres Erfahrungshorizonts.

»Na«, sagte sie und schlug sich auf die Oberschenkel.

»Na«, erwiderte ich und zuckte mit den Schultern.

Dann lehnte sie sich nach vorn (ich sog tief ihren Geruch ein – Maiglöckchen –, meine Mutter trug nie ihre eigenen Parfüms), und sie küßte mich zärtlich auf die Stirn.

»Möchtest du all die Veränderungen sehen, die ich in dem Wohnwagen vorgenommen habe, Kleines?«

»Na klar.«

»Du sagst das doch nicht nur so, Kim. Ich meine, bist du wirklich daran interessiert?«

»Natürlich.«

»Weil, du weißt ja« – sie machte eine kleine ausladende Bewegung mit ihrer rechten Hand: die gleiche Geste, die ich mache, wenn ich meine Führung durch die Milchstraße gebe – »all dies wird eines Tages deines sein.«

Sie zeigte mir die neue selbstklebende Tapete über dem Küchenherd, die aussah wie eine Backsteinmauer, und einen neuen Papierhandtuchhalter und einen Kaffeetisch aus Ahornwurzelholz, den sie spottbillig gekauft hatte.

»Und ich habe den Kühlschrank mit deinem Lieblingsessen gefüllt. Ich habe sogar einige Riegel Mars in das Gefrierfach gelegt, damit sie so sind, wie du sie am liebst magst, Kimmy.« Sie öffnete das Gefrierfach, und ein Schwall abgestandener, lauwarmer Luft verbreitete sich im Raum. »Irgend etwas ist mit dem Thermostat passiert, der Karamel ist noch nicht richtig gefroren. Ich dachte, du könntest es dir später vielleicht mal anschauen.«

Ich sagte, das würde ich tun.

»Und das Wasser im Abwaschbecken fließt nicht richtig ab und ... wirklich, Kim« – sie ließ sich wieder auf das Sofa sinken und zog ein Bein unter sich – »ich weiß nicht, warum ich dieses Loch so gerne habe.«

Eine LKW-Karawane donnerte vorbei. Die Wohnwagen nahe am Highway schaukelten hin und her, die Scheinwerfer huschten über sie hinweg. Einen Augenblick lang glühten sie gegen den tiefen Nachthimmel wie Aluminiumscheite.

»Weißt du, was sich die Leute in den Wohnwagen dort drüben wünschen?«

Ich sagte, ich wüßte es nicht.

»Meinen Platz in diesem Park, das ist alles.«

Dann führte sie mich in mein altes Schlafzimmer – ein röhrenförmiger Keil im vorderen Teil des Wohnwagens mit einem winzigen Jalousienfenster.

»Ich habe die Laken gestern gewechselt. Ich habe den Platz als Lagerraum für meine Parfüms benutzt. Ich bin nicht eine von diesen Müttern, die, wenn ihre Kinder das Haus verlassen haben, deren Schlafzimmer in einen Schrein oder so etwas verwandeln.«

Ich ließ mich auf mein altes Kinderbett fallen und hüpfte ein paarmal darauf auf und ab. »Es gibt immer noch ein paar Federn.«

»Ich denke, es wird noch ein paar Jahre halten.«

Ich streckte mich aus und legte meinen Kopf auf mein altes Kissen, dessen Geruch und dessen Art nachzugeben mir genauso vertraut waren, wie zu atmen.

»Du bist müde, nicht wahr?« fragte sie.

»Ich bin seit dem Morgengrauen unterwegs.«

»Du weißt, daß wir morgen früh aufstehen müssen. Die Fahrt nach Hollywood dauert sechs Stunden, und ich brauche etwas Zeit für meinen Schönheitsschlaf vor meinem großen Auftritt am Montag. Ich möchte nicht gerne, daß das Rateteam von *What's My Line?* auf die Idee kommt, ich wäre ein professioneller Zombie.«

Ich nickte.

»Mehr über deine neuesten Abenteuer dann morgen.«

»Okay.«

»Nun, du weißt ja, wo alles ist. Ich will damit sagen, außer der Backsteintapete usw. habe ich keine großen Renovierungsarbeiten gemacht.«

Dann ging sie zur Tür hinaus, hielt an und drehte sich auf ihrem Fuß mit den Sandalen um.

»Kimmy, magst du immer noch ein Glas Wasser neben dem Bett?«

Ich sagte, daß ich das immer noch mochte.

Und sie kam mit einem Pappbecher voll Wasser zurück.

Aber später am Abend, lange nach Mitternacht, kam sie noch einmal zurück. Mein Licht war zwar aus, aber ich war wach und voller Bedenken. Ich wollte morgen nicht nach Hollywood. Ich wollte nicht in diesem Wohnwagen sein, wieder zurück in ihrer Welt mit den ständigen Verlockungen des Highways da draußen, dem Moschus ihrer Träume um einen herum, den Aluminiumwänden, die einen einschlossen.

Ich tat so, als ob ich schliefe, und öffnete ein Auge, um sie zu beobachten.

Sie trug eine Brille, die ich noch nie bei ihr gesehen hatte (ohne Pailetten und ohne Flügel, aber groß, rund, rosa und bifokal), und sie stand einfach da am Fußende meines Bettes, den Kopf an die Wand gelehnt und schaute mich unentwegt an.

Bei Sonnenaufgang waren wir wieder auf der Straße und rumpelten den Interstate 15 entlang. Meine Mutter saß am Steuer meines Volkswagens, ihre frisch gefärbten blonden Haare waren für ihren großen Debütauftritt hochgenommen und sauber unter den Rajahturban gesteckt, so daß sie nicht »zu einem Pelzknäuel wurden«. Ich saß auf dem Beifahrersitz, die Nase mit weißer Zinkcreme eingeschmiert, und las eine unserer alten Straßenkarten. Und bei jedem vorbeihuschendem Orientierungspunkt – The Gold Strike, ein Casino, das im Schatten des Nevada State Gefängnisses stand; Kactus Kate's flamingofarbenes Schild LETZTE SPIELAUTOMATEN VOR KALIFORNIEN; the Flying A-Tankstelle im Death Valley; dem Windschutz aus Eukalyptusbäumen mit seinen silbernen und maulwurffarbenen Blättern – rief meine Mutter aus: »Erinnerst du dich daran, Kim?« Und ich war mir nicht sicher, ob ich mich erinnerte oder es überhaupt wollte: Ich erinnerte mich an die eigenartigsten Bilder – an unseren Kilometerstand von 41,206 Meilen; den zehn Jahre jüngeren Fuß meiner Mutter mit korallenrot lackierten Fußnägel, der das Gaspedal durchtrat, ein Durcheinander von Jahren und Geschwindigkeit, Trugbildern und Einbahnstraßen, die über die tropisch grünen Gläser ihrer geflügelten Sonnenbrille rasten. Und dann verlangsamten wir die Geschwindigkeit und kreisten um die riesige vierblättrige Kleeblattkreuzung zwischen dem Hafen und dem Hollywood Freeway und nahmen die Abfahrt bei Vine, wo meine Mutter, vom Wind ganz gebräunt und staubig, bei einem kleinen Stuckmotel in der Nähe vom Hollywood Boulevard vorfuhr und sagte: »Oh, komm, Kimmy, du erinnerst dich doch bestimmt noch an das erste Mal, als ich dich nach Hollywood mitnahm und wir hier übernachteten?«

Und ich erinnerte mich: sie hatte uns in diesem besonderen Motel ein »spezielles« Zimmer im zweiten Stock reserviert, nach Norden raus, denn wenn sie mich an das aluminiumgerahmte

Fenster über der Badewanne hob und ich meine fünf Jahre alte Wange gegen die kalte Scheibe preßte, konnte ich gerade das HO des *Hollywood*-Schildes lesen.

Wir packten aus und hängten vorsichtig das Kostüm für ihren morgigen Debütauftritt auf. Trotz unserer Erschöpfung bestand sie dann darauf, mich in die Stadt zu einem ihrer alten Lieblingsorte auszuführen, zu Johnny's Steak House, eine billige Version von Musso and Frank's, dem alten Stammlokal der Filmstars.

»Leider«, erklärte meine Mutter ein paar Minuten später, als wir in eine von Johnnys roten Nischen glitten, »zieht dieses Etablissement Filmsternchen an, nachdem sie bereits gefallen sind.«

Wir bestellten ein paar von Johnnys Sunday Night Specials.

»Kannst du eine Generalprobe mit mir machen, Kim?« fragte sie, sobald die Kellnerin weggegangen war. »Wenigstens bis das Hauptgericht kommt.«

»Mami, ich habe die Show nie gesehen.«

»Es ist genau wie die Sendung ›Zwanzig Fragen‹. Frage mich, ob ich eine Dienstleistung verrichte.«

»Na gut. Bietest du eine Dienstleistung an?«

»Nein. Frag mich, ob ich ein Produkt verkaufe.«

»Verkaufst du ein Produkt?«

»Ja! Okay, frag mich was anderes.«

»Darf man dein Produkt legal mit der Post durch die Vereinigten Staaten schicken?«

»Wirklich, Kim, dies ist für mich sehr wichtig.«

»Es tut mir leid. Wird dein Produkt sowohl von Männern als auch von Frauen benutzt?«

»Nein.«

»Von Männern?«

»Ja.«

»Ist dein Produkt größer als ein Brotkorb?«

»Nein.«

»Kleiner als« – ich blickte umher, um mich inspirieren zu lassen – »eine Ketchup-Flasche?«

»Ja.«

»Ist dein Produkt nützlich?«

Es entstand eine lange Pause, während meine Mutter mit dem Strohhalm in ihrer Coca-Cola spielte.

»Mami?«

»Ich weiß es nicht.«

»Ist es etwas, was Männer brauchen?«

Plötzlich ließ meine Mutter den Strohhalm los und schluckte die Coca-Cola in ihrem Mund hinunter und stellte ihr schäumendes Glas ab.

»Dreh dich nicht um, Kim«, sagte sie mit sanfter Stimme, »aber direkt hinter dir ist jemand, der vor einigen Jahren mal jemand war.«

Sie öffnete leise ihre Handtasche und reichte mir ihre Puderdose mit Spiegel.

Ich hielt den Spiegel so, daß auf seiner abgerundeten, verschmierten Oberfläche möglichst viele von Johnnys Kunden gespiegelt wurden. In den dazwischenliegenden Jahren hatte ich ja die Fähigkeit meiner Mutter verloren, die Welt zu retuschieren und ihre scharfen Ränder zu verwischen, und das einzige, was ich in dem winzigen Glas sehen konnte, waren ein paar ältliche Männer in grellkarierten Anzügen und Polohemden, die allein in einer roten Nische saßen und etwas zerschnitten, was wie Salisbury Steak aussah, und plötzlich war mir zum Weinen.

»Du hast die Stars jetzt genug angestarrt, Kim«, sagte meine Mutter. »Frag mich, ob mein Produkt –«

»Mami, ist dein Produkt etwas, was Männer schmecken können? Berühren? Inhalieren? Halten? Fühlen? Wollen? Begehren?«

Als meine Mutter nachts fest schlief (mit zwei Weckern neben sich), saß ich mit angezogenen Beinen auf unserer Bettkante, das Kinn auf den Knien. Es war nicht kalt, aber ich zitterte. Ein Palmwedel kratzte an dem Gitter der Klimaanlage. Der violettfarbene Suchscheinwerfer auf der anderen Seite der Berge von Hollywood strich über den nächtlichen Himmel. Über dem Kissen meiner Mutter hing ein Bild von einem Sonnenuntergang mit weitreichenden Strahlen und vier Metallschrauben, die den Rahmen durchbohrten, um einem Diebstahl vorzubeugen.

Ich lehnte meinen Kopf gegen das Bettgestell und beobachtete sie eine Weile – unter die Laken gekuschelt, stoßweise atmend, vollkommen der Welt entrückt. Ihr Mund war in träumerischer Ehrfurcht geöffnet, wahrscheinlich war sie in ein verrücktes Tun verwickelt. Ich ging ins Badezimmer und schloß die Tür. Ich mußte eine Weile allein sein, bevor ihre Wecker klingelten und ich wieder in ihrer Welt war.

Ich saß auf dem Badewannenrand und starrte aus dem aluminiumgerahmten Fenster. Ich konnte das rosafarbene Minarett des Ägyptischen Theaters sehen, den Zubringer zum Freeway, der nach Oakland und zu meiner Wohnung führte, den Neonsatelliten über Astro-Burger, und, weiter oben, durch einen sepiafarbenen Scheinwerfer erleuchtet und auf den Bergspitzen einfach großartig aussehend, das H und das O des *Hollywood*-Schilds. Die restlichen Buchstaben waren durch eine Stützmauer aus Beton abgeschnitten.

»Heute ist mein großes Debüt, Kind. Wie sehe ich aus?«

Sie stand bereits angezogen über mir, das Haar zu einem Kumulus-Effekt toupiert und eine Schmalzlocke über die gerunzelte Stirn geklatscht. Das grelle Morgenlicht brannte durch die halboffenen Rollos. Sie sah alt aus.

»Großartig«, sagte ich.

»Wirklich, Kim, lüge nicht. Und außerdem, je schlechter ich aussehe, desto größer sind meine Chancen, das Rateteam zu verblüffen.« Sie warf mir meine Kleidung zu und näherte sich dem Spiegel, um sich mit einem Blick zu prüfen: zuerst mit zugewandtem Gesicht, dann im Profil. »Wer bei Verstand würde erraten, daß diese klapprige Alte während der letzten zwanzig Jahre Aphrodisiaka verkauft hat?«

»Millionen werden dich lieben«, sagte ich.

»Komm, es ist lediglich ein ewiges Wiederholen. Welche Idioten sehen sich schon Spiel-Shows im lokalen Fernsehen an?«

Auf dem Boulevard blieb meine Mutter einen Augenblick stehen, um auf die Sterne hinunter zu schauen, während sie auf dem mit Gold betupften Bürgersteig entlangeilte, der zu den Fernsehstudios führte. »Weißt du, was ich mir wirklich wünsche?« fragte sie vertraulich.

Ich hatte nicht die geringste Ahnung.

»Ich wünsche mir wirklich, ich wäre in *What's My Line?* während seiner Glanzzeit, mit John Daly und der Gang. Das hatte Klasse, Kind. Vielleicht hätte Bennett Cerf mich gebeten, meine Autobiographie zu schreiben. Und ich hätte mit Dorothy Kilgallen geistreiche Bemerkungen austauschen können. Ich wäre vielleicht eine Art Kultfigur geworden. Eine echte Lucie Ball. Eine, die keinen Ricky hatte, um sie zu retten. Ich bin so nervös, Kim«, seufzte sie und marschierte weiter. »Ich hab es dir noch nicht gesagt, aber ich habe meine Unterschrift geübt wie ein Schulmädchen, für den Augenblick, wo der Gastgeber sagt: ›Ich bitte unsere Kandidatin, ihren Namen an die Tafel zu schreiben.‹«

Wir wurden an den Studiotüren von einer Platzanweiserin im Teenageralter mit unbewegter Miene begrüßt, die meiner Mutter folgende Regeln überreichte:

Willkommen bei The New What's My Line? *Den Kandidaten ist es verboten, vor Sendebeginn mit irgend jemandem zu sprechen; das schließt andere Kandidaten, persönliche Gäste und/oder Mitglieder des Publikums ein. Darüber hinaus dürfen Kandidaten weder winken, mit dem Finger zeigen noch in jedweder Art Signale geben oder von irgendeinem Mitglied aus dem Publikum welche erhalten. Wenn ein Kandidat die Toilette benutzen muß, muß ein Platzanweiser oder eine Platzanweiserin anwesend sein. Wir wünschen Ihnen alles Glück dieser Erde.*

Dann wurde sie weggeführt.

Ich nahm in der ersten Zuschauerreihe Platz und beobachtete das geschäftige Treiben der Elektriker und Bühnenarbeiter. Einen Moment lang konnte ich sie sehen, gegen den Coca-Cola-Automaten in der Kulisse gelehnt. Und ich glaube, sie sah mich auch, aber unter dem strengen Blick ihrer Teenagerwächterin starrte sie mich ohne das geringste Anzeichen eines Erkennens in ihrem Gesicht nur an. Dann plärrte ein Summer, die Techniker zogen sich zurück, und ein Mikrofon wurde auf die Bühne gerollt. Der Regisseur zählte die Sekunden – vier, drei, zwei, eins –, und Bill Blair, der Gastgeber, fabelhaft gebräunt, sein mit Pomade im stahlgrauen Haar befestigter Scheitel ein Kunstwerk der Geometrie, trippelte mit Einsetzen der Titelmelodie die wenigen glitzerbestreuten Stufen hinunter und hieß uns alle zu *The New What's My Line?* willkommen.

Das Publikum johlte und stampfte mit den Füßen.

Dann wurden alle still, als Bill ans Mikrofon trat. »Ich biiiiitte unsere erste Kandidatin, ihren Namen an die Tafel zu schreiben«, sagte er.

In ihrem neuen beigen Tweedrock und ihrer karamelfarbenen Jacke, mit einer weißen Satinbluse, weißen Netzstrümpfen und schwarzen Pumps klapperte meine Mutter auf die Bühne.

Ein Arm kam aus der Kulisse hervor und hielt ein APPLAUS-Schild hoch, und alle klatschten.

Meine Mutter bleckte ein zähnezeigendes Lächeln in alle drei kreisenden Kameras, dann wandte sie sich der Tafel zu, holte tief Luft und schrieb sorgfältig ihre Unterschrift, schrieb ihre l's geschwungen und setzte einen Punkt auf ihre i's und errötete sogar auf charmante Art, als die Kreide versehentlich quietschte.

Bill ging hinüber und schüttelte ihre Hand.

»Willkommen bei *The New What's My Line?*« sagte er.

Meine Mutter glitt auf den Kandidatenstuhl.

»Gloria, erzählen Sie uns ein bißchen über sich.«

»Ich bin aus dem südlichen Kalifornien, Bill, dort aus der Gegend.«

»Und haben Sie irgendwelche Hobbys?«

Meine Mutter war eine Sekunde lang überrascht. Sie blinzelte in die Lampen. »Ich reise«, sagte sie.

»Ich hoffe, das ist kein Hinweis.«

»Ist es nicht, Bill.«

»Und gibt es jemanden, den Sie heute grüßen wollen?«

»Ich möchte meine Tochter Kim grüßen, die von der Bay Area gekommen ist, um mich zu besuchen. Sie sitzt im Publikum.«

»Nun, Gloria, sind Sie bereit, das Rateteam zu überrumpeln?«

»Bin ich, Bill.«

»Aber zunächst ...«

Eine riesige Tür drehte sich, und Tanya Latour, eine wohlgestaltete, in ein hautenges, pailettenbesticktes Kleid gewickelte Rothaarige, tänzelte heraus, um meiner Mutter alle Preise zu zeigen, die sie gewinnen konnte. Tanya zeigte den Trostpreis, einen Massage-Ruhesessel, in dem sie sich als schimmernder Fleck in seinen Plüschkissen niederließ. Mit ihrem blutroten

Fingernagel berührte Tanya den silbernen Flügel eines Pappkartonflugzeugs, das meine Mutter nach Lake Tahoe fliegen würde. Und schließlich zog sie, Gott weiß woher (ihr Kleid hatte keine Taschen), den großen Preis, einen Scheck über zweitausend Dollar, hervor.

Bill Blair grinste, und meine Mutter blickte mit stoischer Würde das Rateteam an – zwei Vorabend-Komiker und den gutaussehenden, habichtähnlichen Star einer Seifenoper.

»Sind Sie bereit, Gloria?« fragte Bill.

Meine Mutter räusperte sich beflissen. Der jeden glitzernden Lichtstrahl auffangende Chintzvorhang hinter ihr sah aus wie ein auf dem Fußboden zerbrechender Glaskrug. »Bin ich, Bill«, sagte sie, und das Rateteam begann, sie mit Fragen zu bombardieren.

»Gloria, treten Sie als Schauspielerin auf?«

»Nein.«

»Bieten Sie eine Dienstleistung an?«

»Nein.«

»Verkaufen Sie ein Produkt?«

»Ja.«

»Ist Ihr Produkt etwas, das Sie selber benutzen?«

»Bill, darf ich nur mit ja oder nein antworten?«

»Ja, so ist es, Gloria.«

»Ich glaube, dann muß ich mit ja antworten, manchmal.«

»Wird Ihr Produkt sowohl von Männern als auch von Frauen benutzt?«

»Nein.«

»Von Männern?«

»Ja.«

»Ist Ihr Produkt etwas, was Männer vielleicht zusammen mit ihren Kindern benutzen?«

»Nein.«

»In einer Gruppe?«
»Von was?«
»Anderen Männern?«
»Ja. Warum nicht?«
»Ist es etwas, was Männer bedienen?«
»Nein.«
»Verdauen?«
»Nein.«
»Tragen?«
»Ja.«
»Tragen Sie es bei der Arbeit?«
»Ja.«
»Beim Spiel?«
»Ja.«
»In der Freizeit?«
»Ja.«
»Tragen Sie es unter der Taille?«
»Nein.«
»Ist es medizinisch?«
Lange Pause.
»Gloria, der Sekundenzeiger läuft.«
»Ich nehme an, ich muß ›nein‹ sagen.«
»Tragen Sie es aus Vergnügen?«
»Ja.«
»Damit Sie warm bleiben?«
»Ja.«
»Aus Gesundheitsgründen?«
»Ja.«
»Ist es ein Kleidungsstück?«
»Nein.«
»Schmuck?«
»Nein.«

»Sportausrüstung?«

»Nein.«

Der Summer ertönte. Meine Mutter hatte das Rateteam ausgetrickst. Benommen ließ sie sich augenblicklich in ihren Sitz zurückfallen, wölbte ihre nachgezogenen Brauen und formte mit den Lippen: »Habe ich gewonnen?« Das Publikum klatschte und klatschte. Bill Blair warf die Arme hoch und zwinkerte in die Kamera.

»Gloria«, dröhnte er in seiner lauten, tiefen Stimme, »jetzt wollen wir hören, was Ihr Beruf ist.«

»Nun, Bill«, sagte meine Mutter, plötzlich ungeduldig darauf wartend, daß die letzten Ausläufer des Applauses abebbten, »ich verkaufe Aphrodisiaka-Parfüms.«

»Mann, o Mann, Gloria, warten Sie bitte nach der Show im Seitenflügel auf mich.«

Durch die LACHEN-Schilder angewiesen, brach das Publikum in rauhe Lachsalven aus. Meine Mutter nestelte am Saum ihres Rocks und lächelte höflich – mit gekräuselten Lippen und mit gestrafften Sehnen ihres gepuderten Halses.

»Nein, wirklich, Gloria«, sagte Bill ernst, »erzählen Sie uns alles darüber.«

»Nun, Bill, haben Sie schon etwas über Pheromone gehört?« Meine Mutter wartete seine Antwort nicht ab. »Ein Bulle stolziert vor einer Herde auf und ab, und plötzlich drehen die Kühe durch. Obwohl es auch noch andere Stiere gibt. Warum gerade dieser? Die Antwort sind Pheromone, ein unterschwelliger Geruch, der wissenschaftliche Beweis für den Magnetismus bei den Tieren. Ich arbeite mit dem menschlichen Äquivalent, Bill, ich mische einen winzigen Tropfen dieses Duftwirkstoffs in meine Parfüms – schließlich können Pheromone ein zweitausend Pfund schweres Tier fällen –, und meine Kunden erzählen mir, daß die Ergebnisse einfach wahnsinnig sind. Niemand weiß genau, wie sie bei Menschen funktionieren – ich kann keine Garantie geben –, aber, stellen wir uns einmal vor, eine Frau betritt einen Raum, und sie fühlt sich plötzlich zu einem Mann hingezogen, wirklich total, ganz total von diesem Typ überwältigt. Er hat kein einziges Wort gesagt. Er sieht nicht mal gut aus – ein Bogart vielleicht oder ein Onassis-Typ –, aber er hat was. Warum? Pheromone.«

»Vielen Dank, Gloria«, sagte Bill. Dann blickte er über seine Schulter, warf dem Publikum einen vielsagenden Blick zu, als ob er sagen wollte: »Und wie finden wir die?«

Ich hätte ihn umbringen können.

Aber Tanya tauchte wieder auf und hielt den großen Preisscheck in die Höhe. Kamera eins zoomte ein, um eine Nahaufnahme von der Übergabe zu zeigen (von Tanyas roten Fingernägeln zu den neuen aus Keramik meiner Mutter); Kamera zwei hielt auf das Gesicht meiner Mutter (mit gerunzelten Augenbrauen musterte sie ihren Preis); und Kamera drei schwenkte um, um die ganze glitzerbedeckte Bühne zu zeigen (meine Mutter sprang nicht auf und ab, wie man sie angewiesen hatte, sie stand hölzern zwischen Bill und Tanya und winkte mit dem Scheck wie mit einem Fußballwimpel über ihrem Kopf). Dann ertönte wieder die *New What's My Line?*-Titelmelodie, und meine Mutter wurde von der Bühne hinabbegleitet, vorbei an dem johlenden Publikum, dessen wilder, durch das APPLAUS-Schild angefeuerter Applaus das Klicken ihrer Absätze übertönte.

»Warum machen alle nur immer so ein Getue um den Erfolg? Ich fühle gar nichts«, sagte meine Mutter.

Wir waren wieder in unserem Motelzimmer. Sie hing in dem zu sehr gepolsterten, roten Stuhl, ihr netzbestrumpftes Bein über die Seitenlehne gehakt, ihr Fuß hing lasch herunter. Sie hatte weder ihren Debütrock gewechselt noch ihr Fernseh-

Make-up entfernt, noch ihr »Motel-Erinnerungstück« gewählt – ein Stück Seife oder ein Gesichtstuch oder eine Gabel vom Zimmerservice.

»Mami«, sagte ich, »noch zehn Minuten, bis wir unser Zimmer verlassen müssen. Du willst doch nicht deinen Gewinn verprassen, indem du noch einen extra Tag für dieses Loch bezahlst, oder?«

Sie zuckte die Schultern. Ich brachte ihr einen nassen Waschlappen und half ihr, etwas von ihrem Fernseh-Make-up abzutupfen.

»Hör mal zu«, sagte ich, »wir feiern, sobald wir wieder in Searchlight sind. Ich fahre dich zu Kactus Kate's. Wir müssen jetzt gehen, Mami, oder wir kommen in den Berufsverkehr.« Ich warf alles in die Koffer. »Soll ich dir eine Seifenprobe einpakken?«

»Nein.«

»Nun gut. Eine Gabel? Die Kissenbezüge?« (Meine Mutter konnte kein Motelzimmer verlassen, ohne etwas mitzunehmen.)

»Das ist nicht nötig, Kim. Ich habe meinen Gewinn.«

Sie hielt ihren Scheck hoch und starrte ihn vorne und hinten an und ließ den Finger über ihren geprägten Namen gleiten. Dann schüttelte sie den Kopf, und der Blick ihrer weit auseinanderstehenden Augen wanderte weg von ihrem Gewinn, hin zu dem gelben Lampenschirm, dann zu dem olivfarbenen Läufer, dann zu den in einer Ecke hin- und herwehenden Staubkörnern und endlich ins Nichts.

»Es ist erstaunlich«, sagte sie.

»Was?« Ich sah in den Schubfächern nach, ob wir etwas vergessen hatten.

»Der Geschmack des Sieges. Ich scheine ihn nicht schmecken zu können.«

»Ich bin mir sicher, daß das noch kommt«, sagte ich, griff nach unseren Taschen und führte sie aus der Tür. »Du hast dich so lange auf diesen Gewinn gefreut, du stehst wahrscheinlich nur unter Schock.«

»Das glaube ich nicht«, sagte sie.

Als wir auf dem Hollywood Boulevard Stoßstange an Stoßstange vorwärtskrochen, schaute sie weder auf die Sterne auf der Straße noch hoch zu dem Capitol Records-Gebäude, ihrem Lieblingswahrzeichen, dessen Entwurf einem Stapel Schallplatten ähneln soll. Als wir schließlich auf dem Highway waren, schwelgte sie in keinerlei Erinnerungen. Sie saß einfach ruhig neben mir auf dem Beifahrersitz, ihre vom Wind geschürften Ellbogen auf der Fensterrille, mit hin- und herwehendem Haar.

»Weißt du«, sagte sie schließlich, »ich bin fast zweiundfünfzig, Kim, aber ich glaube, der heutige Tag markiert das Ende meiner Jugend.«

Dann stellte sie ihren Schalensitz zurück und streckte sich aus und starrte in die riesige Abenddämmerung. Im Osten war der Himmel ultramarin, von Trichtern schwarzen Nebels durchlöchert, im Westen hingen silbern gearbeitete Wolken bewegungslos im rosagoldenen Raum. Blitze leuchteten am Horizont auf. Die Kühlerhaube meines Volkswagens mit dem geflügelten Ornament fuhr in die Dunkelheit.

Meine Mutter blickte auf den Kilometeranzeiger. Wir waren genau auf halbem Weg zwischen dem Wohnwagenpark und Hollywood, Tag und Nacht, Wirklichkeit und Traum, und plötzlich hatte ich das eigenartige Gefühl, das Fahrer nach unzähligen Stunden Fahrt auf dem flachen Highway in einer sich nie verändernden Landschaft erleben: Wir fuhren nirgendwohin, wir bewegten uns nicht, was passiert war, hatte nicht stattgefunden, unsere Reifen drehten sich vergeblich.

Ich drehte mich zu meiner Mutter, aber sie starrte aus dem Fenster auf die vorbeirauschenden Salbeibüsche und den Sand, ihre Wange gegen das Lederimitat gedrückt. In dem schwindenden Licht waren ihre Gesichtszüge kaum zu erkennen, aber ich konnte gerade noch durch das fahle Leuchten des Armaturenbretts den Technicolor-Beweis ihres Sieges erkennen: ein Hauch von azurfarbenem Eyeliner, einen Schatten von korallenfarbenem Rouge.

9

Als wir in dieser Nacht zu unserem Wohnwagen zurückkamen, kuschelte sich meine Mutter in ihre Schlafkoje und sagte, sie wolle gerne eine Zeitlang allein sein. Sie behauptete, ihr sei nicht danach, bei Kactus Kate's zu feiern. Ich sollte dorthin gehen, wenn mir danach wäre, sie würde mir sogar eine Rolle Quarter-Dollars vorschießen, um die Spielautomaten zu füttern. Was sie jetzt bräuchte, sei Zeit zum Nachdenken.

Ich setzte mich neben sie auf die Kissen. Sie hatte die Hände hinter dem Kopf gefaltet, und ein Streifen fahlen Mondlichts fiel quer über ihren Hals.

»Mami«, sagte ich, »ist dir bewußt, daß du heute gewonnen hast?«

Sie seufzte tief und nickte.

»Daß du das Rateteam überlistet hast? Daß du« – warum nicht übertreiben, was für einen Unterschied würde es schon machen? – »daß du der Star der Show warst?«

»Ich weiß.«

»Und daß du ausgehen und feiern solltest?«

»Mir ist nicht danach, Kimmy. Oh, bitte mach dir keine Sorgen, ich bin nicht deprimiert. Ich leide an keinem ›Kann das schon alles sein?‹-Syndrom. Glaube mir, ich kenne den Unterschied. Es ist etwas viel Tieferes.«

Ich ging in mein Schlafzimmer, schloß die Tür und ließ meinen Kopf gegen die Fensterlamellen sinken. Ich konnte die Wüste nicht sehen, aber ich konnte ihr Brummen und heulendes Pfeifen durch die Fenster hören. Als allererstes würde ich morgen ihren Kolben reparieren, dann würde ich ihr helfen, irgendeinen Plan auszuhecken, auf den sie sich konzentrieren könnte, dann würde ich sie wieder auf die Straße schicken, so daß ich in mein Leben zurückkehren könnte und –

Ich hörte die Eingangstür zuschlagen. Der Geist ihres Morgenmantels schlüpfte an meinem Fenster vorbei. Ich drückte mein Auge direkt an die Scheibe. Meine Mutter ging auf die Wüste zu. Ich griff nach meiner Windjacke und folgte ihr durch den Wohnwagenpark, blieb aber so weit hinter ihr, daß sie mich nicht sehen konnte. Sie ging an der Schlucht entlang, am Zyklonenzaun vorbei bis zu der zerklüfteten Felsnase, die Searchlight vor den Wüstentornados schützte. Grasbüschel flogen durch die Luft. Der Mond war dreiviertel voll. Riesige Steinbrocken warfen bratpfannenflache Schatten. Am Ende der Schlucht blieb sie einen Augenblick lang stehen, um Luft zu holen. Dann hievte sie sich mit aufgestützten Ellbogen auf einen flachen Steinbrocken. Ich kniete hinter einem Fels. Die Luft war schwer von Ionen. Sie schwankte, als sie aufrecht oben auf dem Fels stand. Ich blickte über den schwarzen Rand. Unter ihr lag die größte Ausweitung von Nichts, die ich jemals gesehen hatte. Hinter ihr, ungefähr zweihundert Meter die Schlucht entlang, lag unser in seinen Ausmaßen an Blechspielzeug erinnernder Wohnwagenpark. Meine Mutter starrte in das schwarze Nichts, zurück auf den kleinen Wohnwagenpark, dann auf die Wanderdünen und wieder auf ihr brennendes Verandalicht – ein winziger Fleck Helligkeit vierhundert Meilen südöstlich von Los Angeles, zweihundert Meilen nördlich von Needles.

In zwei Tagen würde ich sie wieder verlassen. Ich konnte mir nicht vorstellen, wohin sie fahren würde.

Ein plötzlicher Windstoß hob sie fast von den Füßen, und einen Augenblick lang erschien sie gewichtslos.

Dann stellte sie ihre Füße wieder fest auf die Erde, ging in die Hocke und glitt von dem Steinbrocken. Sie wischte den Staub von ihrem Morgenmantel und ging langsam an der Felsschlucht entlang zu ihrem glühenden Verandalicht.

»Kimmy«, sagte sie am nächsten Morgen, »ich habe beschlossen, mir einen Job zu suchen.«

Es war sechs Uhr früh. Ich mußte mich aus einem bleiernen Schlaf hochreißen. »Mami, wovon sprichst du?«

»Letzte Nacht ist mir endlich klargeworden, daß ein Abschnitt meines Lebens zu Ende gegangen ist.« Sie setzte sich auf meine Bettkante und zog die Knie an. »Ein Job, Kimmy. Bevor ich meinen ganzen Gewinn für einen anderen lächerlichen Plan aus dem Fenster werfe, suche ich mir einen richtigen Job.«

»Mami, ist es dir wirklich Ernst damit?«

»Todernst.«

»Du weißt, es wird schwer.«

»Ich weiß.«

»Du hast weder jemals für jemanden gearbeitet noch eine Stechuhr benutzt.«

»Liebling, ich verstehe, worauf du hinaus willst.«

»Ich muß dir sagen, Mami«, sagte ich und umarmte sie, »ich halte es für eine großartige Idee.«

»Nun ja, es ist wohl eine Idee, für die die Zeit reif ist.«

Ich schwang meine Beine über die Bettkante und dachte einen Augenblick lang nach. »Ich wette, wir können im Verkaufsbereich etwas für dich finden. Du bist eine außergewöhnliche Verkäuferin. Warum nicht? Mit deiner ganzen Erfahrung und allem –«

»Nein. Ich möchte nicht den Streß haben, auf Kommission zu arbeiten. – Ich möchte etwas Sicheres. Eine sichere Arbeit von morgens neun bis fünf Uhr abends. Mit Sozialleistungen. Vielleicht bei der Post, unter einem anderen Namen natürlich. Sie bieten Sicherheit. Ich möchte Sicherheit. Sie haben eine Krankenversicherung. Ich möchte eine Krankenversicherung. Sie haben eine betriebliche Altersversorgung. Ich will dir etwas sagen, Kimmy, ich würde gerne in Rente gehen. Weißt du, manchmal denke ich, ich habe in einer Traumwelt gelebt: daß ich eine Vision haben werde, eine Wahnvorstellung vielleicht, wie der Glaube, daß ein gewinnbringender Auftritt bei *What's My Line?* oder sogar meine Flugzeugidee alles verändert, und für einen Bruchteil einer Sekunde bin ich mir sicher, daß ich für alle ein besseres Leben gestalten kann, für dich, Kimmy. Aber was bedeutet das, ein besseres Leben? Ruhm? Lichter? Kameras? Ein großes Haus? Nicht auf die Preise auf einer Speisekarte achten zu müssen? Einen Augenblick lang fährst du die Straße entlang und hältst die Hand deiner kleinen Tochter, und im nächsten Augenblick sitzt sie am Steuer und versucht, dich aufrecht zu halten, und dann seid ihr beide verschwunden. Ein besseres Leben? Was bedeutet das?«

Ich starrte auf den Boden und versuchte, mir meine Mutter bei einem Einstellungsgespräch vorzustellen – was machte ich mir vor? Niemand würde sie einstellen.

Nach dem Frühstück machte sie sich auf und ging zum Lebensmittelladen, um sämtliche Zeitungen mit Anzeigenteilen zu kaufen. Sie sagte, sie wollte ihre Aussichten einschätzen. Ich beobachtete vom Küchenfenster aus, wie sie auf dem Seitenstreifen des Highways entlangging und von Zeit zu Zeit anhielt, um einen Stein aus ihren Korksandalen zu entfernen oder um den Sand und das grelle Sonnenlicht aus den Augen zu reiben oder wie angenagelt auf das Aufblitzen eines in die Ferne donnernden Öltankwagens zu starren. In ihrem wehenden Hausmantel sah sie vor der riesigen Landschaft lächerlich klein und verletzlich aus. Ich wußte, daß ich sie so nicht verlassen konnte.

Am Nachmittag rief ich im Planetarium an und bat um eine weitere Woche Urlaub. Dann begann ich mit der mühsamen Aufgabe, sie davon abzuhalten, sich nach einer richtigen Arbeit umzusehen – man sollte sich nichts vormachen, es gab dort draußen nichts für sie.

Ich nahm sie mit zu Kactus Kate's und hoffte, daß die Lampen, Glocken, Würfel und klingenden Münzen sie so durchrütteln würden, daß sie wieder ganz die alte wäre. Als ich nach Hause fuhr, dachte ich mir in meinem zugigen Volkswagen Pläne aus und pflanzte sie wie hypnotische Vorschläge in ihr Ohr, während sie mit offenem Mund schlief. Am nächsten Tag grub ich aus alten Magazinen Produkte aus und redete über die Wege, die uns offenstanden. Bei den Mahlzeiten sprach ich über die Straße, die Sonnenuntergänge, das berauschende Gefühl, nicht zu wissen, was einen draußen erwartete – Glanz oder Desaster.

Hätte meine Mutter einen Job finden können? Ich weiß es nicht. Nach zweiundzwanzig Jahren und 246 000 Meilen hatte ich fast genausoviel in ihre Verrücktheit investiert wie sie.

Eines Morgens, nachdem wir die halbe Nacht damit verbracht hatten, in Erinnerungen zu schwelgen – unsere Dreamaway-Tage, den Sommer, als wir mit Geigerzählern durch Utah zogen, in der Hoffnung, mit Uran ein Vermögen zu machen, die erstaunliche Nacht, als sie sich ihr Aphrodisiaka-Imperium ausdachte –, kam mir der Gedanke, daß alles, was ich erreicht hatte, war, konfus zu werden. Mein eigenes Leben – Arbeit, Wäsche, Haus – begann, armselig und schwunglos auszusehen. In der Nacht träumte ich, daß ich Schulkinder durch meine winzigen Wohnzimmer führte (Licht kam durch all die Risse, Tür- und Fensterrahmen) und ihnen erzählte, wenn diese Schindelwand nicht wäre, würden sie den Nordstern erspähen, wenn die Stuckdecke nicht existierte, sähen sie die Venus. Ich wachte mit einem Schlag auf. Die Sonne schien. Meine Mutter saß bereits am Küchentisch, kaute an einem Bleistift und blätterte die Stellenangebote durch (bis jetzt hatte sie es noch nicht geschafft, eine Anzeige zu umkringeln, geschweige denn einen Telefonanruf zu machen). Ich goß mir eine Tasse Kaffee ein, schlurfte durch die

Fliegenschutztür nach draußen und fläzte mich in die Sonne. Nach einer Weile kam meine Mutter heraus und setzte sich zu mir. Wir stellten beide unsere Gartenstühle richtig ein, setzten unsere Sonnenbrillen auf und hoben unsere Gesichter zum Himmel. Aber bevor ich in eine hitzebedingte Apathie fiel, drehte ich mich zur Seite und sah sie jetzt aufrecht sitzen, eine Seite mit den Stellenangeboten war von ihrem Schoß gerutscht, ihre Füße waren wie in den Sand gepflanzt, sie blinzelte in die Wüste und sah noch verlorener und verwirrter aus als ich.

Dann traf ein (von den Fernsehstudios weitergeleiteter) an Gloria c/o *What's My Line?* adressierter und mit stumpfem Bleistift geschriebener Brief ein:

Liebe Gloria,
ich habe Sie im Fernsehen gesehen. Bitte schicken Sie mir so schnell wie möglich zwei (2) Fläschchen Ihres Parfüms, damit ich ein paar Frauen aufreißen kann. Wenn es wirklich klappt, helfe ich Ihnen, viel mehr davon in dieser Stadt zu verkaufen.
Mit freundlichen Grüßen,
Leon De Cee
Mira Lorma, Riverside

Dann kam am Nachmittag eine Postkarte:

Sehr geehrte Dame,
ja, ich würde gerne eine Flasche Parfüm bestellen. Ich hoffe, daß dieses Produkt meinen Wunsch nach Begehren, nach Liebe erfüllen und alle Frauen verrückt machen wird.
Ich weiß Ihre Hilfe zu schätzen.
Manuel Neptune
Saugus, Kalifornien

Bis zum nächsten Tag war das winzige Fach meiner Mutter auf dem Postamt mit Briefen vollgestopft:

Liebe Frau Gloria,
beiliegend schicke ich Ihnen hiermit das Geld für 2 Flaschen Ihres Parfüms. Das Geld kommt von mir und einem Freund von mir mit dem Namen Sam Cooper, und wir wollen es unter meiner Anschrift benutzen, die unten steht. Wir warten gespannt auf unsere Bestellung und danken Ihnen und Ihrer Firma, daß Sie ein so seltenes Produkt vertreiben.
Mit freundlichem Gruß
Eugene Grant und Samuel Cooper
Azusa, Kalifornien

An die Betreffende:
Ich schreibe im Namen meines Bruders. Das Parfüm ist nicht für mich, sondern für ihn. Ich brauche keine Hilfe. Mein Bruder ist sehr einsam und möchte jemanden treffen. Ich werde mehr bestellen, wenn es wirkt.
(Kein Name)
P. O. Box 121
Camp Pendleton

Liebe Gloria,
ich habe Sie in What's My Line *gesehen & mir hat gefallen, was Sie gesagt haben. Ihre Ideen leuchten mir ein. Ich bin sehr daran interessiert, Ihr Parfüm zu benutzen. Ich bin männlich & habe sehr viel Pech in der Liebe. Ehrlich, das sag ich Ihnen. Ich fühle mich so ungeliebt & vernachlässigt & verloren. Würden Sie so nett sein und mir schnell Ihr Produkt schicken, bitte!*
Hochachtungsvoll,
Salman Kenna, San Bernardino

Meine Mutter und ich konnten es kaum glauben. Wir rissen die Umschläge auf, überflogen die Bestellungen, rechneten ihren Gewinn zusammen, und sie sagte, sie fühle sich wieder ganz die alte. In dieser Nacht schlief sie fast gar nicht. Sie konnte die Post am nächsten Tag kaum erwarten. Sie behauptete, die Briefe der Männer würden ihr das Gefühl vermitteln, gebraucht zu werden. Sie sagte, sie gäben ihrem Leben einen Sinn. Ich begriff endlich, daß diese Frau trotz ihrer großartigen Träume ganz einfach glücklich dabei war, ihr kleines Imperium zu betreiben.

Diesen Freitag verließ ich sie, während sie auf ihrer Rechenmaschine hackte. Es war schon weit nach Mitternacht. Ich setzte mich auf mein Bett, holte meinen Matchbeutel hervor und starrte auf seine abgenutzten Riemen. Ich wußte, es war an der Zeit zu gehen, ich wußte nur nicht, ob ich es wollte.

»Kimmy«, sagte sie und klopfte ein paar Minuten später an meine Tür, »darf ich hereinkommen?«

Ich zuckte mit den Schultern.

Sie ließ sich neben mich fallen. »Du siehst so aus, als würdest du packen.«

Ich nickte.

»Liebling, ich weiß, du hast dies schon x-Millionen Male gehört, und ich würde es dir nicht übelnehmen, wenn du mich jetzt aus deinem Zimmer werfen würdest –«

»Mami, es ist nicht mehr mein Zimmer.«

»Wie dem auch sei. Aber die Tatsache ist, mein Geschäft läuft, und zwar besser als je zuvor. Ich möchte das mit dir teilen.«

Ich lehnte meinen Kopf gegen die kalte Metallwand.

»Na gut. In Ordnung. Ich weiß, was du denkst, Kimmy – ›Oh, Gott, hilf mir, sie fängt schon wieder damit an.‹ Aber diesmal ist es anders. Ich bin anders. Schau mich an –«

Ich schaute meine Mutter an, ihr rechter Fuß klopfte auf den Boden, ihre abgebissenen Fingernägel kratzten abwesend den Lack von meinem Bettgestell ab, ihre Augen waren verzückt, und im Zentrum jeder glasartigen Pupille war die Miniaturspiegelung meiner Nachttischlampe mit den brennenden Glühfäden zu sehen.

»Ich bin nicht mehr die Träumerin, die ich einmal war. Ich sehe die Dinge jetzt so, wie sie sind. Ich verspreche dir weder Imperien noch Reichtümer, ich bitte dich nur zu überlegen, ob du nicht in einem stabilen Versandgeschäft, von dem ich glaube, daß es eine solide Zukunft hat, meine Partnerin werden willst.« Ich fing an, mir mit der Hand durchs Haar zu fahren.

»Und ich tue dies nicht nur, weil du meine Tochter bist. Ich dachte wirklich, daß du und ich, ich mit meiner Straßenschläue und meinen pragmatischen Fähigkeiten und du mit deinem Wissen, deiner Erziehung und Erfahrung –«

»Mami, ich habe Biologie studiert. Ich führe Gruppen durchs Planetarium.«

»Genau das meine ich, Liebling. Ich möchte mehr für dich vom Leben als nur das. Wir sprechen nicht über eine Lehrstelle, wir sprechen über eine echte Halbe-halbe-Partnerschaft. Du brauchst mir heute abend keine Antwort zu geben. Denk nur mal drüber nach. Vielleicht hast du eine Idee, wie man Pheromon-Parfüms für Frauen herstellen und vermarkten könnte. Ich möchte nicht, daß deine Bildung ungenutzt bleibt. Gebrauche deine naturwissenschaftlichen Fähigkeiten. Frauen sind nicht so leichtgläubig wie Männer. Es könnte deine eigene Produktlinie werden. Ich wäre bereit, die alltäglichen Aufgaben zu übernehmen … oh, ich weiß nicht, Kimmy, denk mal drüber nach.«

Sobald sie gegangen war, wollte ich aufstehen und anfangen zu packen – fliehen, solange es noch möglich war –, aber ich lag bewegungslos in meinem Bett und starrte aus dem Lamellenfenster. Sand blies gegen die verzogenen Latten. Ein Papierteller wirbelte vorbei. Ich konnte fühlen, wie sich der Boden unter meinen besockten Füßen sträubte. Auf einmal wollte ich ihr etwas hinterlassen, und wenn es auch nur eine neue Frauenserie wäre. Ich warf mich wieder auf mein Bett, und einen irrwitzigen Moment lang versuchte ich wirklich, in naturwissenschaftlichen

Begriffen aufzuschlüsseln, was die feminine Seite des Begehrens ausmachte. Ich stellte mir die Gänseblümchenkette von Chromosomen vor, die ich am College studiert hatte. Ich versuchte mir den schamlosen Blick voller Begehren vorzustellen, den ich in den Augen von Frauen gesehen hatte. Ich hob eine der alten Boulevardzeitungen auf und überflog die Seiten mit den Bekanntschaftsanzeigen: »Christliche Sie, 47, liebt Jesus, Wassersportarten und Kinder, sucht christlichen Ihn.«

Ich kletterte unter die Laken und las eine der alten Anzeigen meiner Mutter: *Würden Sie gerne jedesmal zur Sache kommen? Selbst wenn Sie klein, fett, glatzköpfig oder alt sind, lassen Sie sie schnuppern, und Sie werden echt was erleben!!! Vertreter berichten, wie sie von frustrierten Hausfrauen förmlich in die Wohnung gezerrt wurden (und ihre Verkaufszahlen erhöhten!). Männer im Militärdienst behaupteten, bei den einheimischen Frauen überwältigenden Erfolg zu haben! Ehemänner beschreiben, was für ungewöhnliche Leistungen sie bei ihren Frauen erzielten, die vor kurzem noch gelangweilt waren. Sofortige Manneskraft in einer Flasche!!! 100% Erfolg mit den Frauen (wenn Sie wissen, was ich meine)* ... Ich schloß die Augen und versuchte mir vorzustellen, was wohl das weibliche Gegenstück wäre.

Bevor meine Mutter aufwachte, ging ich am Morgen zum Postamt von Searchlight, einer weißen Lehmziegelbude neben einem Autofriedhof. Ich hoffte, daß ich ihr zumindest einen dikken Stapel Bestellungen überreichen könnte, wenn ich ihr die Nachricht von meiner Abreise beibrachte. Drei Briefe lagen in ihrem Postfach. Ich ging den Hügel wieder hinauf, und – tja, warum soll ich es leugnen? Schließlich bin ich die Tochter meiner Mutter – ich konnte es kaum erwarten, sie zu lesen. »Liebe Gloria: bitte schicken Sie mir schnell ...« »Liebe Gloria: Wirkt es wirklich? ... « »Liebe Gloria.«

Ich lag mit Grippe zu Hause, als ich Dich im Fernsehen sah. Du sahst fabelhaft aus. Ich muß schon sagen, daß ich überhaupt nicht überrascht war zu sehen, wie Du das Rateteam von What's My Line *überrumpelt hast – Du bist unschlagbar, Gloria. Ich gratuliere Dir.*
Ich denke oft an Dich und an Kim. Die Monate, die wir zusammen verbracht haben, erscheinen mir jetzt wie ein geträumtes Zwischenspiel in einem sonst schrecklich normalen Leben. Ich hoffe, Du hast mir verziehen, daß ich so weggegangen bin, wie ich es tat. Wenn Du jemals in Schwierigkeiten bist oder wenn Kim irgend etwas braucht, meine Adresse und Telefonnummer stehen unten – bitte zögere nicht, mich anzurufen. Ich hätte früher geschrieben, aber trotz all meiner Versuche mit all Deinen alias, *Gloria, ich konnte Dich einfach nicht finden. Bitte grüße Kim ganz herzlich von mir.*
Arthur

Etwas äußerst Eigenartiges passierte. Als ich anfing, seinen Brief zu lesen, ging ich am Zyklonenzaun von Searchlights Autofriedhof entlang, und jetzt war ich hundert Meter hinter dem Ort und saß auf einem Fels, ohne zu wissen, wie ich dorthin gekommen war. Ich glättete den Brief über meinen Knien und las ihn nochmals langsam durch, und das nächste, an das ich mich erinnerte, war, daß ich immer noch saß, aber daß der Felsen durch die obersten Stufen unseres Wohnwagens ersetzt worden war, und daß meine Mutter jetzt den Brief hielt und ich mich bemühte, ihn über ihre Schultern, durch die Büschel ihres windzerzausten Haares hinweg zu lesen.

10

»Na, das ist kein Problem, Kimmy«, sagte meine Mutter. »Die Partnerschaft war nur ein Vorschlag. Ich wüßte nicht einmal, ob der Reingewinn für uns beide, bei dem Lebensstandard, den wir gewohnt sind, reichen würde.«

Sie lehnte am Kotflügel des Volkswagens und zupfte abwesend an den dreckigen Schmutzfängern. Ich küßte sie zum Abschied und umarmte ihre Rippen, ihren Überziehmantel, sogar die lästigen Büschel ihrer wehenden Haare.

»Wahrscheinlich nicht«, sagte ich und glitt auf den Fahrersitz.

Sie machte mit Spucke ihr Taschentuch naß und wischte den von einem dünnen Staubfilm getrübten Seitenspiegel ab, so daß die Spuren ihrer Spucke einen momentanen Regenbogen bildeten.

»Die Serie für Frauen wäre wahrscheinlich sowieso schiefgelaufen«, seufzte sie.

»Wahrscheinlich«, sagte ich.

»Du solltest mit nichts rechnen, Kimmy. Du hast ihn seit Jahren nicht gesehen.«

Ich mußte zweimal zu ihr rübergucken – wir hatten überhaupt nicht darüber gesprochen, daß ich ihn sehen würde.

»Welche normale Frau würde auf eine meiner Anzeigen hereinfallen?«

»Ich könnte dir keine nennen, Mami.«

Sie blickte auf meine Uhr am Armaturenbrett. »Nun, ich muß noch viel tun. Meine Kunden sind –«

»Du brauchst nicht darauf zu warten, bis der Motor warmgelaufen ist.«

»Ach, danke, Kimmy«, sagte sie.

Ich beobachtete im Seitenspiegel, wie sie den Kiesweg entlang auf dem Weg zur Post verschwand. Die Sonne stand im Zenit, und sie trat auf ihren eigenen winzigen Schatten.

Ich raste durch den Staubsturm, am Gold Strike vorbei, unter dem Windschutz aus gebeugten Eukalyptusbäumen mit ihren silbernen und maulwurffarbenen Blättern. In der mittäglichen Hitze wurde mein Ölstandsanzeiger rot, mein Lenkrad brannte. Ich wusch mich in einer schmutzigen Tankstelle vor Barstow, ordnete mein Haar in Victorvilles Raststätte, betrachtete mich ein letztes Mal in der ein paar Meilen von seinem Haus entfernten Damentoilette in Bullocks. Dann schwenkte ich in die vorstädtischen Straßen von Calabasas und parkte auf dem Gehweg in der Nähe seines Hauses.

Mein Motor tickte laut.

Ein paar Minuten lang suchte ich den Ort nach Spuren einer neuen Familie ab: eine feminine Note in der Art, wie sich seine Wohnzimmervorhänge bauschten, ein Zweitwagen, vielleicht ein Dreirad, das aus den Büschen hervorlugte. Ich mußte mich vorbereiten. Die Abenddämmerung breitete sich in seinem Garten aus.

Dann erblickte ich etwas, das ich für seinen Schatten hielt, der eine Sekunde lang auf das gewellte Glas der Diele geworfen wurde: Es hätte genausogut eine vorbeiziehende Wolke sein können.

Ich fühlte, wie das Blut in meinen Ohren pochte. Ich rieb meinen Hals, um mich zu beruhigen. Dann betrachtete ich mich prüfend im Rückspiegel, kämmte zum x-ten Mal mein Haar, öffnete die Autotür, trat in eine ölige Pfütze, trocknete energisch meine Schuhe an seinem Unkraut ab, schlenderte seinen Fußweg entlang und drückte auf seine Klingel.

»Hallo!« sagte ich.

»Kimberly?«

In dieser einen Sekunde nahm ich vieles wahr: seine ergrauenden Haare, neue Falten unter seinen Augen, daß er nicht ganz so groß und breit war, wie ich ihn in Erinnerung hatte. Und einen Moment lag war ich wie betäubt – ein bekanntes Gefühl: Man kehrt in das Haus seiner Kindheit zurück, und es ist nicht so groß und hell wie die geistige Skizze, an der man so hing.

Um meine Enttäuschung zu verbergen, küßte ich ihn auf die Wange.

»Mein Gott, Kimberly?« sagte er und schüttelte seinen Kopf vor lauter Überraschung und Begrüßung.

»Wir haben deinen Brief erhalten«, sagte ich so beiläufig wie möglich, als ob das erklärte, warum ich nur vier Tage, nachdem er ihn abgeschickt hatte, zweihundertundsechzig Meilen durch die brennendheiße Wüste und einen Staubsturm gerast war, um nach sechs Jahren ungebeten vor seiner Haustür zu stehen.

»Eigentlich«, fügte ich hinzu, als ob dies meine Anwesenheit besser erklärte, »hat Mami deinen Brief erhalten.« Ich bemerkte, daß er seine Autoschlüssel in der Hand hielt. »Wirklich, wenn du fort mußt, kann ich ein anderes Mal wiederkommen.«

»Kim, bitte. Sei nicht lächerlich. Komm rein, komm rein.«

Er führte mich in sein Wohnzimmer und half mir aus meiner Jeansjacke (ich spürte, wie seine Fingerkuppen hinten meinen Hals streiften), und auf einmal sah er ganz so aus wie der alte Arthur.

Ich wanderte durch den Raum und tat so, als wollte ich all die Kleinigkeiten in mich aufnehmen. Er lehnte gegen ein Bücherregal, sein Kopf an den Walnußholzintarsien, und beobachtete mich.

»Kann ich dir etwas zu trinken holen?«

»Scotch?«

»A-ah, tut mir leid, aber der ist alle.«

»Wein?« sagte ich. »Oder Tee? Oder Kaffee, oder was auch immer. Wirklich, Leitungswasser wäre prima.«

Er lachte. »Kim, was nun von alledem?«

»Tee«, sagte ich.

»Tee soll es sein.« Und er ging in die Küche, hielt inne, drehte sich um, um mich noch einmal anzuschauen, bevor er durch die Schwingtür verschwand. Ich hörte ihn mit leiser Stimme einen Telefonanruf machen und sagen, daß er im Büro etwas erledigen müsse und daß er heute abend kein Abendessen machen könne.

Ich ließ mich aufs Sofa fallen. Das Haus roch genauso wie sein altes – Pine-Sol-Reinigungsmittel und Tabak vermischt mit dem Geruch von seinem Eau de Cologne. Unter meinem unruhig klopfenden Fuß spielten die bekannten Schatten der Bambusrollos auf dem Fußboden, wie die getupften Schatten, die das Sonnenlicht auf die Ozeanoberfläche wirft, wenn man aus seiner Tiefe, vom Inneren seines unerträglichen Drucks, nach oben blickt.

»Hallo, Kim« – er stieß die Küchentür auf – »bist du hungrig?«

Ich hatte den ganzen Tag über nichts gegessen; ich hatte einen Bärenhunger.

»Nicht unbedingt«, sagte ich.

»Magst du immer noch Fig Newtons-Kekse?«

Ich sagte, daß ich seit Jahren keine mehr gegessen hätte, daß ich gerührt sei, daß er sich daran erinnerte, und er kam mit einem Tablett mit Tassen und Keksen zurück. Ich verbrachte ungewöhnlich viel Zeit damit, meinen Tee vorzubereiten, den Teebeutel einzutunken, ihn vorwärts und rückwärts zu schwenken, die Tinktur aus Blättern immer wieder im Wasser herumzurühren. Arthur lehnte gegen die Armlehne des Sofas und rauchte eine Zigarette. Er ließ den Blick nicht von mir.

»So, sag mir, Kim, wie ist es dir ergangen?«

»Gut«, sagte ich, »gut.«

»Und deiner Mutter? Wie geht es Gloria?«

»Mutter ist dieselbe.«

»Im Fernsehen sah sie sehr gut aus, obwohl sie ein bißchen gedämpft erschien. Ist sie immer noch so ...?«

»Intensiv?«

Er lächelte. »Wirklich, das konnte ich nicht erkennen.«

»Letztes Wochenende noch schlief sie zwei Nächte lang nicht, weil sie dachte, sie hätte einen Weg gefunden, wie sie aus ihrem *New What's My Line?*-Erfolg Kapital schlagen könnte, indem sie eine neue Serie herausbringt.«

»Was macht Gloria jetzt?«

»Sie bereitet ihr großes Comeback vor. Sie will zusätzlich ein superstarkes Aphrodisiaka-Parfüm herausbringen. Aber inzwischen ist sie mit ihrer Werbung viel vorsichtiger geworden. Sie hatte ein paar Schwierigkeiten mit der Arzneimittelaufsicht. Die haben sie fast geschnappt, weil sie ein an den Staubsauger anschließbares Gerät zur Gewichtsabnahme verkauft hat.«

Arthur fing an zu lachen: Er hielt sich die Rippen und lachte. Dann wischte er sich die Augen mit dem Handrücken und biß sich auf die Zunge, um nicht noch mehr zu lachen (eine Geste, die mir so vertraut war, daß ich fast sein Knie berührt hätte).

»Und Gloria dachte immer, es wäre der Postminister, der sie eines Tages schnappen würde. Ich kann mir vorstellen, daß sie jetzt von dieser Zwangsvorstellung befreit ist.«

»Arthur, jetzt, im hohen Alter, spricht sie sogar freundlich von ihm.«

»Erwähnt sie mich jemals in ihrem hohen Alter?«

»Oft.«

»Und wie ist es bei dir, Kim ...?«

Ich starrte auf den trüben Bodensatz tief unten in meiner Teetasse.

»Warum bist du fortgegangen?« fragte ich.

»Kim, bitte, das war vor langer Zeit.«

Ich sagte, ich müßte es wissen.

Er sah mich durchdringend an, neugierig. »Du weißt genau, warum ich fortgegangen bin«, sagte er.

Ich schämte mich auf einmal und war wieder fünfzehn, und zu meinem größten Bedauern ertappte ich mich dabei, wie ich, um meine Verlegenheit zu verbergen, das Thema wechselte.

»Ich bin aufs College gegangen.«

Er war einen Moment lang verdutzt, bis er meine unlogische Schlußfolgerung nachvollziehen konnte.

»Großartig«, sagte er sanft.

»Ich habe mein Biologie-Examen gemacht.«

»Das ist phantastisch, Kim, wirklich.«

»Und arbeite jetzt in einem Planetarium.« Ich erwähnte nicht, daß ich lediglich Gruppen führte.

»Dir scheint es wirklich gutzugehen.«

»Ich schaue mich eigentlich nach noch größeren und besseren Chancen um« – wenn ich gekonnt hätte, wäre ich in diesem Augenblick freiwillig vom Erdboden verschwunden, ohne eine Spur zu hinterlassen.

Arthur lachte. »Weißt du, eben hast du dich genau wie deine Mutter angehört.«

Ich errötete tief und starrte dann auf den Teppich. »Ich weiß nicht, was auf einmal mit mir los ist, ich bin schrecklich nervös«, sagte ich.

»Kim, das ist in Ordnung, wirklich. Ich habe das als Kompliment gemeint. Wie wär's mit einem Glas Wein?«

»Ja, gerne.«

Ich folgte ihm in die Küche, ganz aus Formica und glänzend wie seine alte. Er stand in dem kalten, blauweißen Licht seines offenen Kühlschranks, seine Hand lag auf der Gefrierfachtür, sein Hals wurde von unten erleuchtet. Durch den dünnen weißen Stoff seines Hemds konnte ich die Umrisse seines ärmellosen T-Shirts, die straffe Form seines ausgestreckten Arms sehen.

»Weiß oder rot?«

»Ist mir egal.«

»Kim?«

»Weiß.«

Er goß uns zwei Gläser Weißwein ein. Ich kippte meines runter und bat um ein zweites. Er sah mich fragend an und schenkte mir noch eins ein. Ich setzte mich auf das Fensterbrett und lehnte die Wange gegen den kühlen Fensterrahmen.

»Arthur«, sagte ich, nachdem ich noch einen großen Schluck genommen hatte, »ist in deinem Leben alles in Ordnung, ich meine, mit deiner Arbeit und so?« Ich wagte nicht, nach etwas anderem zu fragen.

»Gut, Kim.« Er saß auf dem Fensterbrett neben mir. »Ich habe jetzt meine eigene Firma für technische Entwürfe.«

»Das ist großartig, wirklich, ich gratuliere dir!«

Und er erzählte mir von einem Flugzeug, daß er gerade baute, ein Testmodell, das ohne Startbahn, ohne Anlaufgeschwindigkeit oder Schütteln oder Ziehen bei einer gewissen Geschwindigkeit senkrecht vom Boden aufsteigt. »Vielleicht können wir deine Mutter bitten, sich einen Namen dafür auszudenken?«

Ich lachte ein bißchen zu laut, dann leerte ich schnell meinen Wein, während Arthur über vergangene Zeiten sprach; nichts Spektakuläres – der Morgen, an dem wir das Buschfeuer sahen, der Tag, an dem wir den Tiki meiner Mutter pflanzten.

Wir verfielen in Schweigen.

Ich schloß einen Moment lang die Augen, und ich nahm halluzinatorisch alles in mich auf – das Streichen seines Baumwollärmels an meiner Haut, den Wein, der in meinen Schläfen hochstieg, einen letzten Sonnenstrahl, der die Fensterscheibe hinter uns erwärmte.

»Möchtest du zu Abend essen?« fragte er.

Ich schaute zu ihm auf. Das Zimmer begann in leichten Drehungen und Windungen zu kreisen. Mein Gehirn arbeitete nicht. Ich versuchte ihm zu erklären, daß ich sehr gerne zu Abend essen würde, aber daß ich morgen arbeiten müßte. Ich müßte noch fünf Stunden fahren.

»Kim« – lachte er – »hör mir zu. Ich glaube nicht, daß du jetzt fahren solltest.«

Er ging mit mir ins Wohnzimmer zurück. Der langflorige Teppich schien unter meinen Sandalen Wellen zu schlagen. Wir versuchten, uns über meine Benommenheit zu amüsieren. Wir saßen eine ziemlich lange Zeit auf dem Sofa, mein Kopf auf seiner Schulter. Schließlich konnte ich die Augen nicht mehr offenhalten. Ich sagte, ich müßte mich hinlegen.

»Ich habe uns den Abend verdorben, nicht wahr?« sagte ich und ließ meinen Kopf auf die Kissen zurücksinken.

»Das ist in Ordnung, wirklich.«

»Arthur, ich habe mich wie eine Idiotin benommen.«

»So was kann vorkommen«, sagte er leise. Aber ich glaubte, aus seiner Stimme eine leichte Gereiztheit herauszuhören.

Ich wollte ihn fragen, ob er mich noch mochte, aber ich wagte es nicht.

Während er mir ein Kissen und Laken holte, legte ich meine Wange gegen die Polster und schlief ein.

Als ich aufwachte, war ich vollkommen durcheinander. Meine Schläfen pochten. Meine Augenlider fühlten sich an wie Karton. Das Haus war bis auf einen dünnen Lichtstrahl, der aus seinem Zimmer kam, dunkel. Ich schlüpfte in meine Sandalen und ging zu ihm hinüber und bemühte mich, keinerlei Geräusche zu machen. Arthur lag ausgestreckt auf seinem Bett. Die Leselampe brannte noch, seine linke Hand lag schützend über den Augen, ein Buch auf seiner Brust. Das Licht war auf die Seiten gerichtet, die aufgeschlagen in der Mitte seines gerippten T-Shirts lagen. Der Rest von ihm war in den sich überlappenden Schatten kaum zu erkennen. Ich hatte keine Ahnung, ob er wach geblieben war, um auf mich zu warten. Ich stand über ihm, das Blut pochte in meinen Ohren, und ich versuchte mir zu überlegen, was ich tun sollte. Ein schwacher Flaum schwarzen Haares bildete einen Umriß auf seinem Unterarm. Ich konnte die kompakte Form seiner Schultern erkennen, die Höhle seines Unterarms mit der Wolke dunkler Haare, eine Ader, die an der Seite seines Halses pulsierte. Das Buch hob und senkte sich mit seinem Atem. Ich tat einen Schritt zurück in den Schatten, schälte mich aus meinem Top und zog meine Jeans aus. Mit außerordentlicher Vorsicht plazierte ich dann ein Knie auf dem Rand der Matratze; als nächstes verlagerte ich mein ganzes Gewicht auf dieses Knie, bis es sich anfühlte, als neige sich die ganze Welt in meine Richtung.

Arthur öffnete blinzelnd die Augen. »Kim«, sagte er zärtlich und versuchte, mich durch die hellen Lichtringe hindurch anzusehen.

Ich legte meine Finger auf seine Lippen, machte die Lampe aus, stieg ins Bett und drückte meinen Körper an seinen.

Obwohl er mich im Schlaf zärtlich hielt, wußte ich nicht, was er jetzt von mir dachte. Ich wäre ihm gerne entschlüpft, dem Druck seiner Arme entflohen und wieder unterwegs gewesen. Gleichzeitig wollte ich nicht gehen. Ich hörte ihn tief atmen, den Wecker ticken, mein Herz pochen. Ich drückte mein Gesicht in die Höhle seines Arms und versuchte, die Intimität seines Geruchs in mich aufzunehmen, bis ich mich, nachdem ich das Gefühl hatte, stundenlang wach gelegen zu sein, umdrehte und endlich einschlief.

Dann wachte Arthur auf, blinzelnd, kalt, ohne Laken (ich

hatte die Bettdecken genommen). Der Mond im Spiegel der Kommode erschien riesig, wie eine in einer anderen Welt brennende Lampe, und in den ersten verwirrten Momenten, bevor sein Gedächtnis aufwachte, versuchte er sich daran zu erinnern, was genau passiert war: die Gläser voller Wein, daß er mich auf dem Sofa zu Bett gebracht hatte, die Berührung und der Geruch meiner Haut. Er stützte sich auf und betrachtete mich zusammengekauert unter den Decken, am anderen Ende seines Betts, und einen Moment lang verspürte er eine Zärtlichkeit, wie er sie seit Jahren nicht mehr gekannt hatte. Er kam näher und suchte wieder nach meinem Körper. Durch den Schleier der Laken konnte er die Erhöhung meiner Hüften, die Kurven meiner von der harten Matratze leicht flachgedrückten Brust ausmachen. Wie ein Schuß Amphetamin schoß Erregung in ihm hoch. Er stützte sich auf dem Ellbogen ab, schälte vorsichtig die Bettdekken zurück und erblickte sich selbst im Kommodenspiegel – seine ergrauenden Haare neben meiner jungen, gebräunten Haut. Eine Brise wehte durch das Fenster herein. Ich kuschelte mich zusammen, fröstelnd, zitterte im Schlaf. Er bedeckte uns wieder, lehnte seine Stirn an meine Schulter und flüsterte beruhigende Worte in mein Ohr, die nur ihn in den Schlaf lullten.

Da war ich schon wach und hörte seine Stimme, wie sie sich von etwas Beruhigendem zu Kauderwelsch und Atem verwandelte. Ich spürte sein Kinn auf meinem Arm und wagte es nicht, zu zappeln oder zu zucken. Ich wollte ihn nicht wieder aufwekken, ich wollte nur so lange wie möglich neben seinem schlafenden Körper liegen. Der Wecker war auf Tagesanbruch gestellt. Das Licht glitt bereits durch die Fensterrollos. Ich drückte mein Gesicht gegen seine Brust, um die Welt auszuschalten, und ließ es eine lange Zeit dort.

Als der Wecker klingelte, schraken wir beide hoch. Das Zimmer wurde von rotem Licht erhellt. Arthur beugte sich herüber und legte seine Hand auf meine Wange. Er streichelte sie nicht, er drückte einfach seine Hand gegen meine Haut. Dann stand ich auf und suchte nach meiner Kleidung: meine Jeans lagen zu einem Ball zusammengeknüllt auf dem Boden, meine Sandalen lagen unter der Überdecke. Er fragte mich, ob er mir Frühstück machen könne. Ich sagte, ich hätte keine Zeit. Er wollte wissen, ob er mir wenigstens einen Toast machen solle. Ich schüttelte den Kopf. Mir war plötzlich zum Weinen zumute, weil es zwischen uns scheinbar nichts zu sagen gab. Er schlüpfte in seine gestreifte Pyjamahose und wärmte schnell den gestrigen Kaffee für mich auf. Ich trank ihn rasch aus, während ich die Bänder meiner Gladiatorensandalen schnürte.

Als der letzte Knoten aus ungegerbtem Leder befestigt war, sagte ich, ich sollte jetzt wahrscheinlich gehen, um vor dem Berufsverkehr auf dem Highway zu sein. Ich weiß nicht, was ich erwartete, was er tun sollte. Vielleicht mich bitten zu bleiben.

An der Haustür hielt er mich an sich gedrückt und bat mich, ihn bald anzurufen.

Ich sagte, natürlich. Mein Ohr war gegen sein Brustbein gepreßt; meine Stimme klang, als dringe sie aus dem Inneren einer Höhle.

Als ich anfangs in meinem Auto saß und den Freeway entlangbrummte und die geteerte Straße vor mir glänzte, fühlte ich mich wieder ganz die alte, fast erleichtert, daß es vorbei war. Der Nachthimmel verblaßte hinter einem schnellen Aufguß aus Platin und Azur. Meine Fenster waren heruntergekurbelt. Ich war mir nur des Dröhnens der Geschwindigkeit und des pfeifenden Windes bewußt, wenn riesige Lastwagen um meine Spur kämpften.

Dann, irgendwo gerade hinter dem Big Tehachapi Wash, als sich mein Tacho von hundert auf hundertzwanzig bewegte, fühlte ich mich plötzlich, als ob der Boden meiner Welt herausbräche und ich hinabstürzte. Ich fuhr auf die Standspur, bremste zwischen den Bierdosen und dem vom Winde flachgedrückten Unkraut, lehnte meine Stirn gegen das Steuerrad und schloß die Augen. Einen Augenblick lang war ich versucht zurückzufahren – nicht, um wieder auf seiner Korkfußmatte zu stehen oder so etwas, sondern nur ganz einfach irgendwo in seiner Straße zu parken, um ihn noch einmal zu sehen.

Ich saß da, eingezwängt zwischen Sattelschleppern. Die Sonne knallte auf meine Windschutzscheibe, strahlte ab vom Armaturenbrett, aber ich fuhr nicht in den Schatten. Ich konnte meinen Fuß anscheinend nicht von der Bremse nehmen. Als endlich die Hitze, die Lastwagen, die Abgase und meine Niedergeschlagenheit unerträglich geworden waren, fädelte ich mich wieder in den Verkehr ein und fuhr heim.

Um elf Uhr rief ich im Planetarium an mit der sehr verrückten Geschichte, daß ich an einer Tankstelle in Fesno festsäße. Dann stieg ich ins Bett, zog die Laken bis zum Kinn und starrte an die Decke.

11

Arthur, die Arme hinter dem Kopf verschränkt, starrte ebenfalls an die Schlafzimmerdecke und versuchte in der trägen Morgenhitze zu entschlüsseln, was mein Besuch bedeutete: mein schüchternes Erscheinen an seiner Haustür, die dreiste Weise, mit der ich in sein Bett gekommen war, die scheue und dringliche Art, wie ich mit ihm geschlafen hatte – als ob plötzlich jemand an der Tür klopfen könnte. Er zündete sich eine Zigarette an, und ein Ring blauen Rauchs hüllte das Bild in seinem Gedächtnis ein. Dann dachte er an all die Arbeit, die er zu machen hatte, und stand auf. Ohne zu duschen, ging er in sein Arbeitszimmer, rollte einen Entwurf aus und überprüfte die Geometrie der gestrigen Überarbeitungen – die Ventilreihen im Luftkompressor, die schlecht entwickelte Form eines neuen Turbopropellers. Innerhalb von Minuten entschwand die halluzinatorische Klarheit der vergangenen Nacht, ohne jedoch ihren Charme zu verlieren. Auf die Ellbogen gestützt, zeichnete er mehrere schnelle kleine Entwürfe von idealen Turbinen – die Raketenformen aus den Comic-Heften seiner Jugend – und studierte sie, während er geistesabwesend auf die weiche Mine seines Druckbleistifts trommelte, bis sie abbrach.

Er räusperte sich (dies tat er ein halbes dutzendmal am Tag), glitt von seinem Hocker und wanderte in sein Schlafzimmer zurück, um eine Ersatzmine zu suchen. Mein Kissen war unberührt geblieben, er ging darauf zu und legte seine Hände in den Abdruck meines Kopfes. Er blickte auf seine Uhr. Ich hätte jetzt bereits in Oakland sein müssen. Er war versucht anzurufen, und ging auf das Wandtelefon zu, hielt jedoch inne, denn er wollte nicht mehr daraus machen, als es war. Abgesehen davon gab es immer noch das Durcheinander mit Gloria. Endlich kehrte er zu dem Entwurf zurück, aber die Ventile und Linien und das Kurvenlineal ergaben keinen Sinn. Er legte seinen Kopf auf den Schreibtisch und schloß die Augen.

Um ein Uhr nachmittags fuhr er den Berg hinunter zu seinem Büro, holte die Post ab und sprach unkonzentriert mit seiner Halbtagssekretärin, schloß die Glastür, starrte auf das Telefon, ging auf und ab, rückte auf seinem bereits makellosen Schreibtisch alles zurecht, schrieb eine überflüssige Mitteilung an seinen Assistenten, jagte nach einer Bremse und tötete sie mit einem geschickten Schlag seines Lineals, betrachtete wieder sein Telefon, rief endlich eine Freundin an und lud sie zum Essen ein (alles, um der vergangenen Nacht ihre Absolutheit abzusprechen).

Er kam erst nach Mitternacht erschöpft und ein bißchen betrunken nach Hause. Er hatte das Auto oben an der Auffahrt stehengelassen. Sein Haus war noch nicht abgekühlt, die Luft in den Räumen war zum Schneiden, die Dachsparren tickten und weiteten sich aus. Er lockerte seine Krawatte und öffnete einige Fenster, ging ins Schlafzimmer, schälte sich aus seinem weißen Hemd, fiel auf die Matratze und lauschte auf das Metronom seines Hauses, das sich millimeterweise über ihm auseinanderzog. Die Flurlampe brannte, und er schützte seine Augen mit dem Gewicht seines Arms und versank in eine momentane Vergessenheit, bevor er sich mit der Klarheit seiner Eingeweide daran erinnerte, wie sich meine Gegenwart in seinem Zimmer in der vergangenen Nacht angefühlt hatte. Einen Augenblick lang wußte er nicht, ob es ein Alptraum oder ein Tagraum oder beides war, aber hinter seinen geschlossenen Lidern sah er mit optischer Klarheit, wie sich die Silhouette meines Körpers durch die hellen Ringe seiner Leselampe bewegte. Er stand auf, zündete sich eine Zigarette an, ging ins Wohnzimmer und schenkte sich noch einen Drink ein. Er lehnte seinen Kopf an den Fensterrahmen und starrte in den mitternächtlichen Vorort hinaus –

die fahlen Lichtkegel der Straßenlampen, das Quadrat des Garagenlichts, die himmelblauen Fernseher –, und aus irgendeinem Grund erinnerte er sich an die Nacht, in der der Unfall passiert war: Wie er in törichter Wut über den lächerlich sinnlosen Tod seiner Frau aus der Auffahrt gerast war, versehentlich unseren Wohnwagen gerammt hatte, und die halluzinatorischen Monate, die wir zusammen verbracht hatten. Er fragte sich, ob ich anrufen würde. Die Möglichkeit bestand immer. Er wußte nicht, ob er sich wirklich wünschte, daß ich anrief.

Er stürzte seinen Drink hinunter und versuchte, alles zu vergessen, denn er wußte, daß es ihn am Ende der Woche nicht mehr beschäftigen würde; die ganze Geschichte würde verblassen.

Aber eine Woche verging, und sie verblaßte nicht. Die Erinnerung verwischte ein bißchen – als ob er durch sein ständiges Untersuchen einen Teil davon weggerieben hätte –, blieb aber nicht weniger zwingend.

Er hatte das quälende Gefühl, wenn er nur jemandem über mich erzählen könnte, würde diese Sehnsucht gestillt werden – aber er konnte sich nicht vorstellen, wer diese Person sein könnte. Alle seine engen Freunde waren Frauen, Ex-Liebhaberinnen, genauer gesagt (in der Gegenwart von Männern fühlte er sich steif und unwohl), und während er sich auf seinem Sofa ausstreckte, ging er ihre Namen durch, von den Frauen, die er kannte, und denen, die er gekannt hatte. Ironischerweise war die einzige Frau, mit der er über eine solche Situation hätte sprechen können, Gloria.

Er schaute auf die Uhr. Es war zwei Uhr morgens. Er schloß einen Moment die Augen und überlegte sich, was er um Himmels willen machen sollte.

Am Freitagmorgen entschloß er sich, an die Küste zu fahren (er kam mit seiner Arbeit sowieso nicht vorwärts); falls und wenn er nach Oakland käme, würde sich alles Weitere ergeben. Es bestand immer die Möglichkeit für ihn, nicht anzurufen oder zu sagen, daß er in San Francisco auf Geschäftsreise sei und sich nur vergewissern wollte, ob ich sicher nach Hause gekommen sei oder etwas ähnlich Verrücktes.

An einer lauten Tankstelle vor Salinas hielt er das Auto an. Es war vier Uhr nachmittags. Sein Rücken schmerzte. Seit dem Frühstück hatte er nichts gegessen. Ihm war heiß, und er war müde und ärgerte sich über sich selbst, beinahe auch ärgerlich auf mich.

Auf der anderen Straßenseite standen ein roter Coca-Cola-Automat und eine gläserne Telefonzelle. Er ließ seinen Blick auf der Telefonzelle ruhen – sie fing das grelle Licht der spätnachmittäglichen Sonne ein wie ein Eisblock. Er wußte nicht mehr, welchen Sinn es haben sollte, es noch länger aufzuschieben.

Er marschierte über die asphaltierte Straße, stellte sich in die Telefonzelle (so heiß, wie Eis kalt ist) und wählte meine Nummer.

Drei Stunden später stand Arthur im Schein meiner kahlen, fluoreszierenden Flurlampe, hielt eine Flasche Weißwein in einer Hand und eine Flasche Mineralwasser in der anderen. Er lächelte schüchtern. Er sah eingefallen aus. Wir trafen aufeinander wie Liebende, die sich nie zuvor geküßt haben. Dann bat ich, die ich auch die ganze Woche kaum geschlafen hatte, ihn herein und beobachtete, wie er sich umschaute, und zum allerersten Mal sah ich meine Wohnung – die Welt, von der ich gedacht hatte, daß ich sie unabhängig von meiner Mutter aufgebaut hätte – mit kalten fremden Augen. Mit Ausnahme eines halben Dutzends Zimmerpflanzen hatte ich alles genauso eingerichtet wie sie ihren Wohnwagen – von den Wachspapiervorhängen bis zu dem unausgepackten Karton, auf dem alte Zeitschriften herumlagen und der als Kaffeetisch diente.

Nervös hob ich die Zeitschriften auf. Ich sagte, daß ich mich noch einlebte. Ich hätte noch keine Möglichkeit gehabt, alles einzurichten.

»Nein, nein, es sieht nett aus, wirklich«, sagte Arthur. Er ging ans Erkerfenster und stand in den letzten schräg einfallenden Streifen des wachsfarbenen Tageslichts. »Soll ich die Weinflasche öffnen?«

Ich sagte, ich zöge Mineralwasser vor, und holte zwei Gläser aus dem schlecht zusammenpassenden Set von Texaco Gläsern (Mutters Einweihungsgeschenk) und Cocktailgläsern (es gab sie gratis mit eingemachten Früchten).

Arthur schenkte Mineralwasser ein. »Sag wieviel.«

Das Mineralwasser sprudelte laut in den Cocktailgläsern, und wir stießen an. Auf einmal begann ich zu weinen. Ich konnte einfach nicht aufhören. Ich versuchte, mich abzuwenden, aber Arthur nahm meinen Kopf in seine Hände und hielt mich an sich gedrückt. »Was ist passiert?« fragte er. »Was ist los?«

Ich starrte auf die dunklen Fäden seiner Jacke. Ich sagte, ich hätte nicht gedacht, daß er jemals anrufen würde.

»Kim, bitte. Ich wußte nicht, ob du wolltest, daß ich es tue. Du hättest es mir sagen sollen.«

Ich sagte, ich hätte bereits meinen Anteil an Mut aufgebraucht, als ich bei ihm vor der Tür stand.

Ein paar Minuten lang sprach keiner von uns, und keiner von beiden bewegte sich. Wir standen schweigend da und lehnten uns aneinander. Dann legte Arthur seine Hand über mein geripptes T-Shirt auf meine Brust. Er streichelte sie nicht, er drückte seine Hand gegen mich, und ich führte ihn zu meiner schmalen Schaumstoffmatratze, und wir liebten uns. Es ist erstaunlich, wie schnell die Welt danach wiederkehrt – der Boden wird fest, deine Füße werden kalt.

Als wir später auf der Matratze lagen, konnte ich nicht aufhören, ihn zu beobachten. Er lag ausgestreckt auf dem Rücken, die Augen geschlossen, eine Hand auf der Brust, die Ellbogen halb in der weichen Matratze vergraben. Ich hatte immer noch seinen Geschmack in meinem Mund – so salzig und vertraut wie Seewasser –, und ich fühlte ein unbändiges Verlangen, ihm zu erzählen, daß ich ihn immer schon begehrt hatte. Aber ich wollte ihm keine Angst machen, und deshalb beschränkte ich mich darauf, ihm stumpfsinnige Fragen zu stellen.

Hatte er Hunger?

Konnte ich ihm irgend etwas zu essen machen?

Hatte er den Eindruck, es sei hier heiß?

Wenn ich älter gewesen wäre, wäre er geblieben?

Er lachte. »Kim, ich sollte jetzt nicht hier sein.«

An seiner Stimme konnte ich erkennen, daß er erschöpft war, daß ich ihn vom Schlafen abhielt. Ich verfiel in Schweigen und beobachtete, wie sich die Nacht um uns verdickte – eine blaue Schicht Zwielicht im Zimmer, das sich in schmutziges Grau auflöste. Selbst als ich einnickte, war ich mir seines schlafenden Gewichts neben mir bewußt. Und wenn er sich bewegte oder aufstand, wachte ich auch auf und beobachtete ihn, wenn er schläfrig ins Badezimmer schlurfte oder am geöffneten Fenster stand und an einer Zigarette zog, seine nackten Umrisse schwach von einem Karussell sich bewegender Scheinwerfer erleuchtet.

Er sah in keiner Weise außergewöhnlich aus. Sein Haar begann zu ergrauen und dünn zu werden, er stöhnte im Schlaf oder schnarchte leise, und beim Anblick seiner Brust und seiner Kniekehlen überkam mich Mitgefühl.

Und dachte, wie außergewöhnlich seine Brust und seine Knie waren. Ich dachte darüber nach und träumte.

Bis zum Sonntag nachmittag war erstaunlich klar geworden, daß ich nicht wollte, daß er nach Hause zurückfuhr.

Wir saßen im Bett (wir hatten die Wohnung das ganze Wochenende über fast nie verlassen) und diskutierten zum x-ten Mal, warum er morgen abfahren müsse – seine Arbeit, sein Geschäft, usw., usw. Und obwohl mein Verstand wußte, warum er zurückkehren mußte, sah der Teil in mir, der meine Mutter war, keinen Grund, warum sich nicht die ganze Welt verändern konnte, um in meinen einen kleinen Traum zu passen. Und wenn er nun ein Geschäft führen mußte? Und wenn er nun seine Angestellten bezahlen mußte? Warum konnte er nicht einfach den ganzen Kram hierherbringen?

Er preßte seine Finger an die Schläfen und massierte sie langsam. Dann ergriff er mich an den Schultern und versuchte, etwas Belangloses und Ablenkendes zu sagen.

Ich zuckte mit den Schultern. Ich wollte nicht abgelenkt werden.

Er fing wiederum an, zu rechtfertigen, warum er nach Hause zurückkehren mußte.

Ich sagte, ich verstünde. Ich sagte, er bräuchte es nicht immer zu wiederholen, ich sei nicht begriffsstutzig.

Wir lehnten jetzt beide an der Wand. Plötzlich schloß er die Augen und legte seinen Kopf in meinen Schoß. Ich fuhr mit meinen Händen über sein Gesicht, seine Kehle, seine Schultern.

»Ich weiß nicht, was du von mir willst«, sagte er. »Dies ist mir genauso ein Rätsel wie dir.«

Ich hielt seinen Kopf fest und ließ nicht los.

»Warum kommst du nicht einfach mit mir, Kim.« Seine Stimme in meinem Schoß klang gedämpft: Ich mußte mich anstrengen, um ihn zu verstehen. »Zumindest für eine Weile. Ich habe nicht die geringste Ahnung, was passieren wird. Komm einfach mit.«

Unter dem Gewicht seines Kopfes war mein Fuß eingeschlafen. Einen Augenblick lang schloß ich die Augen. Ich war bereits die letzten drei der vier Wochen nicht zur Arbeit gegangen – ich würde wahrscheinlich sowieso entlassen werden. Ich sagte: »Tja, kein Problem. Mir steht noch viel Urlaub zu.« Dann öffnete ich die Augen wieder und sah auf ihn herunter. Mein Oberschenkel warf einen Schatten auf sein Gesicht. Ich konnte nicht feststellen, ob er sein Angebot bereits bereute. Ich schob seinen Körper sanft zur Seite und legte mich neben ihn und strich über seinen Rücken, ein Streicheln, das gleichermaßen besitzergreifend und liebevoll war.

Am nächsten Morgen tat ich nur für Arthur so, als würde ich das Planetarium anrufen, um mir Urlaub zu nehmen, dann schlüpfte ich über den Flur zu meiner Nachbarin, einer skelettdünnen Kunststudentin, mit der ich manchmal Marihuana rauchte, und bat sie, meine Gummibäume zu gießen und alle Anrufe meiner Mutter abzufangen. Arthur schleppte unsere Koffer (meinen khakifarbenen Matchbeutel, seinen kleinen Samsonite-Koffer) die schmale Treppe hinunter und in sein Auto.

»Ist das der Typ, von dem du mir erzählt hast?« fragte sie und beobachtete ihn, als er die Haustür hinter sich schloß.

Ich nickte.

»Das darf nicht wahr sein.«

Ich wollte wissen, wie sie das meinte.

»Ich weiß nicht«, sagte sie lässig. »Ich finde es einfach eigenartig. Ich meine –« sie ging zum Vorderfenster und starrte durch das Glas, »er sieht ganz in Ordnung aus und alles ... aber he, Kim, ich weiß nicht ... Er sieht irgendwie aus wie ein Typ, mit dem mein Vater Golf spielen würde oder so was.«

Als ich rauskam, wartete Arthur auf dem Gehweg und blinzelte in den diesigen Himmel.

»Fertig?« sagte er lächelnd.

»Ich glaube schon.«

Er warf den Kofferraum zu und öffnete mir die Autotür. Ich rutschte auf den riesigen Ledersitz.

»Sollen wir irgendwo zum Frühstück anhalten?« fragte er und stieg neben mir ein.

Ich zuckte mit den Schultern.

»Nicht hungrig?«

Ich sagte, ich sei nur ein bißchen nervös, das sei alles.

In Big Sur hüllte uns ein dicker Nebel ein. Es sah aus, als ob wir durch Wolle fahren würden. Scheinwerfer, die uns entgegenkamen, blitzten auf und verschwanden wieder. Ich spielte mit dem Radio und ließ die grüne Anzeige rauf- und runterwandern, da ich nicht sprechen wollte. Dann starrte ich hinaus in die dichte Leere, in den vorbeifliegenden Dunst. Von Zeit zu Zeit schwebte ein kleines Dorf vorbei, nichts als Lichtkegel tropfender Straßenlampen. Auf den Bergkämmen, wo der Highway über dem grauen Pazifik hing, erschienen Tramper – ein ganzer Haufen, lauter Daumen und gekritzelte Schilder und Jugend. Ihre Schatten sahen aus wie ausgeschnittene Papierfiguren in gelben Nebellampen. Als sie wieder von Nebelschwaden verschluckt wurden, fühlte ich mich eigentlich erleichtert. Bei Arroyo Grande wurden die Tramper von Schrottautos und auf der Standspur herumliegenden Fetzen von Reifen abgelöst.

Seit fast einer Stunde hatten wir nicht gesprochen. Es war deutlich, daß Arthur nicht die geringste Ahnung hatte, was los war. Als wir an einer Hamburger-Bude in der Nähe von Buellton hielten, versuchte er, über Pommes frites und Coca-Cola ein oberflächliches Gespräch anzufangen. Als wir einen Augenblick lang auf dem Santa Ynez Pass parkten, beobachtete er mich fragend, als ich Interesse an der Sicht auf das darunterliegende Tal vortäuschte.

Als wir vor seinem Haus vorfuhren, schien er von meiner

Stimmung vollkommen verwirrt zu sein. Er ließ mich allein, damit ich meinen Matchbeutel auspackte, während er das Abendessen vorbereitete. Im Badezimmer versuchte er, den Arm um mich zu legen, während ich meine Zähne putzte. Er küßte mich auf den Nacken und setzte einen Kuß neben den anderen meine Wirbelsäule entlang, während ich im Bett lag. Als er erschöpft und durcheinander endlich aufgab und einschlief, schlüpfte ich unter den Laken hervor. Ich nahm ein Kissen und kuschelte mich auf sein Sofa im Wohnzimmer und starrte auf dessen kariertes Muster.

Nach einer Weile kam Arthur, eine Decke tragend, herein. Er legte sich neben mich und deckte uns zu.

»Kim, was ist los?« fragte er.

Ich sagte, ich sei ein Wrack, und könne auf seiner weichen Matratze wohl nicht einschlafen.

»Dann schlafen wir eben auf dem Sofa oder bringen ein paar Liegestühle herein«, sagte er müde. »Oder wir können sogar über den Nachbarzaun klettern und auf den Schwimmkorken im Schwimmbecken meines Nachbarn schlafen. Sie haben uns beäugt, als wir ankamen, wir können ihnen also auch noch Anlaß geben, über uns zu klatschen.«

Ich lachte.

Der Arme war ersichtlich sehr erleichtert.

Ich fragte ihn, ob er glaube, daß wir überhaupt eine Chance hätten.

»Kim, ich habe nicht die geringste Ahnung.«

Mir war wieder nach Weinen zumute.

»Bist du müde?« fragte er.

»Eigentlich nicht.«

»Versuche zu schlafen.«

Er langte vorsichtig mit seiner Hand über mich, um das Licht zu löschen, und der Schatten seiner Hand fiel über mein Kissen.

Er bemerkte, daß ich ihn beobachtete, und mit einem ganz leichten Zurechtrücken seiner Finger verwandelte er die leblosen Schatten in ein lebendes Tier – einen Hund, glaube ich –, das den sich stets verändernden Mond anheulte. Der Mond war ein Paar vorüberfahrender Scheinwerfer.

Ich lachte wieder.

»Ich glaube, dies war als Junge mein einziges Talent«, bekannte er. Und er begann, mir sein ganzes Repertoire an Schattenfiguren vorzuführen – eine ihre Federn aufplusternde Ente, ein sich an seinen Löffeln kratzender Hase, Franklin Delano Roosevelts Profil, eine sich ihre Pfoten leckende Katze ...

Endlich schloß ich die Augen und vergrub mein Gesicht in seiner Achselhöhle. Ich fiel in einen Traum, wo alles sein Gegenteil war.

Wo Schatten Körper waren. Wo links rechts war. Wo niemand ungeliebt blieb. Wo Arthur jung war.

12

Damit ich mich in seinem mir unbekannten Haus, in seinem weichen, fremden Bett wohler fühlte, überraschte mich Arthur am nächsten Tag mit einem nagelneuen Sperrholzbrett, das er hereinschleppte und zwischen Sprungrahmen und Matratze legte. Aus irgendeinem Grund berührte mich dies viel tiefer, als wenn wir uns liebten, miteinander redeten oder er für mich das Frühstück zubereitete. Im Gegenzug versuchte ich, soviel Engagement zu zeigen, wie mir möglich war, indem ich meine Habe in seine Schubladen einordnete und sie säuberlich neben seine Socken legte. Ich erlaubte ihm, meinen Matchbeutel in der Garage oben in den Dachsparren zu verstauen, gerade außerhalb meiner Reichweite.

Am Mittwoch morgen stand Arthur endlich aus dem Bett auf und sagte, daß er heute wohl in seinem Büro erscheinen müßte. Er zog sich an, trödelte jedoch im Flur herum, unterhielt sich mit mir, küßte mich auf den Hals, steckte seine Autoschlüssel in die Tasche, nur um sie dann – über seine Geistesabwesenheit verblüfft – wieder zu suchen. Aber er konnte sehen, daß sie mich bezauberte. Er ging zur Garage, winkte mir zum Abschied, tat dann etwas für ihn vollkommen Untypisches und eigenartig Bewegendes: Er griff nach seiner Krawatte (trotz des sorgfältigen Windsorknotens) und tat so, als ob ein Wesen, das größer wäre als er, ja, größer, als wir alle miteinander, ihn in Richtung seines Autos zog, während er darum kämpfte, bei mir zu bleiben. Einen Augenblick später zuckte er mit den Schultern, als schämte er sich über seine eigene Jungenhaftigkeit, und glitt hinter das Lenkrad. Ich folgte ihm bis zum Rand der Auffahrt und schaute ihm nach, als er davonfuhr.

Als ich im Haus allein war, blätterte ich in Zeitschriften herum, spielte mit den Rollos, schaltete den Fernseher ein und aus. Ich stöberte im Garten hinter dem Haus herum. Am späteren Nachmittag ließ ich mich dann auf ein Sofa sinken, schlug einen beriemten Fuß unter mich und ertappte mich dabei, wie ich das Telefon anstarrte. Es waren Wochen vergangen, seitdem ich mit meiner Mutter gesprochen hatte, und ich wußte, sie würde unbedingt von mir hören wollen. Ich streckte mich auf den karierten Kissen aus, fühlte eine schreckliche Beklommenheit, sie anzurufen, und wußte nicht, warum. Ich holte tief Atem, zog das Telefon ein paar Zentimeter näher heran und wählte die Telefonnummer des Wohnwagens.

»Glorias Welt der Aphrodisiaka.«

»Hallo«, sagte ich.

»Kimmy!«

Ich erzählte ihr, wo ich war.

»In Calabasas?«

»In Calabasas.«

»Mit Arthur?«

»Mmhhh.«

»Bist du schon die ganze Zeit dort?«

Ich erzählte ihr in Kurzform, was passiert war. »Mami, es tut mir leid, daß ich nicht früher angerufen habe.«

»Komm, das ist okay, mach dir deswegen keine Sorgen, Kind« – ich wartete, bis sie den Hörer an das andere Ohr gelegt hatte – »ich bin nicht von gestern, ich weiß, wie das ist.« Daran, wie sie das sagte, erkannte ich, daß sie verletzt war.

»Mami, geht's dir gut?«

»Ich fühle mich großartig. Im Augenblick passiert wirklich eine ganze Menge. Gestern mußte ich einen Kissenbezug zum Postamt mitnehmen, um all die Post abzuholen. Kimmy, wann gehst du zurück nach Oakland?«

Ich sagte, daß ich es noch nicht wüßte, aber das Gefühl hätte, daß ich noch ziemlich lange hierbleiben würde.

Ich wartete darauf, daß sie sich räusperte.

»Mami, bist du dir sicher, daß es dir gutgeht?«

»Ich bin wohl ein bißchen erschrocken, das ist alles. Ich dachte, du würdest ihn nur besuchen fahren – okay, vielleicht sogar mit ihm schlafen, aber nicht gleich bei ihm einziehen.«

Ich sank aufs Sofa zurück und schloß die Augen. »Mami, hör zu, ich muß es einfach tun.«

Ihr Atem aus dem Hörer klang schwach und abgerissen.

»Ich hoffe nur, daß nichts zwischen uns kommt«, sagte sie leise.

»Mami, nichts wird zwischen uns kommen.«

Noch eine lange Pause.

»Also, möchtest du den Inhalt einiger meiner Briefe hören?« fragte sie.

»Gern«, log ich.

»Sehr geehrter Herr«, begann meine Mutter. »Tja, Kimmy, ich greife die erstbesten Briefe aus dem Sack.«

»Ich verstehe.«

»Sehr geehrter Herr« – ich konnte sie fast vor mir sehen, wie sie durch ihre neue, rosarote, bifokale Brille auf den verknüllten, mit kritzeliger, unleserlicher Handschrift verfaßten Brief schielte – »können Sie mir bitte das Zeug schicken, auf das Frauen so geil sind?«

Ich lachte.

»Hier ist noch einer: Liebe Gloria. Ich war schon immer allein, obwohl man mir sagt, daß ich ein netter Mensch bin. Frauen wenden sich von mir ab wegen meiner Übergröße. Obwohl ich daran gewöhnt bin, allein zu leben, und darin auch einige Vorteile sehe, möchte ich gerne mein Leben mit einer Person teilen. Ich weiß nicht, warum ich dies Ihnen, einer mir völlig fremden Person, erzähle, aber Ihr Produkt scheint zu gut, um wahr zu sein. Ich weiß, es gibt da draußen genügend Betrüger, also lassen Sie mich bitte nicht im Stich. Ich bin ein aufrichtiger Mensch. Ich verdiene auch etwas Glück.«

»Mami, das ist der traurigste Brief, den ich je gehört habe.«

»Ich habe einen ganzen Kissenbezug voll davon. Willst du mehr hören?«

»Im Augenblick nicht.«

»Kimmy, weißt du, worauf du dich einläßt?«

»Mami, bitte.«

»Wirst du mich bald wieder anrufen?«

Ich sagte ihr, ich würde sie bald wieder anrufen, und wir legten auf.

Ich fiel auf die Kissen zurück. Ich legte den Arm über die Augen, um die Welt auszublenden. Ich konnte mich nicht bewegen.

Zwanzig Minuten später klingelte das Telefon.

»Weißt du, ich habe gerade nachgedacht«, begann meine Mutter – ihre Stimme klang einen Ton schriller, ein Dezibel verletzlicher. »Kimmy, wie lange sagtest du, würdest du dort bleiben?«

»Mami, davon habe ich nichts gesagt. Eine Weile zumindest.«

»In ein paar Wochen habe ich nämlich in deiner Gegend einen Termin mit einem meiner Kunden, der Werbezeit beim Satellitenfernsehen verkauft.«

»O Gott, Mami, bitte komm noch nicht jetzt.«

Lange Pause. Ich konnte hören, wie sie sich räusperte und irgendwo in der Ferne ein Sattelschlepper tutete.

»Mach dir deswegen keine Sorgen«, sagte sie endlich.

»Bist du sicher, Mami? Verstehst du?«

»Wie ich bereits gesagt habe, Kind, ich bin nicht von gestern, ich weiß, wie das ist.«

Ich schloß die Augen. Ich wartete einen Herzschlag lang. So, wie sie es gesagt hatte, wußte ich, daß sie nicht die leiseste Ahnung hatte, warum ich nicht wollte, daß sie käme.

»So«, sagte ich mit erzwungener Leichtigkeit, »und nun alles über das Satellitenfernsehen.«

»Interessiert es dich wirklich?«

»Und wie.«

»Kimmy, darf ich dich etwas fragen?«

»Natürlich.«

»Meinst du, daß ich dir als Kind genügend Stabilität gegeben habe? Ich will damit sagen, abgesehen von all dem Umherziehen und so ... oh, du weißt schon, was ich meine.«

»Mami, du warst ... bist eine großartige Mutter.«

Sie begann, mir von den Vorteilen des Satellitenfernsehens zu erzählen.

Arthur kam hereinspaziert, küßte mich auf den Nacken, dann zeigte er auf die stramm gezogene Telefonschnur und schaute mich neugierig an.

Ich hielt meine Hand auf den Hörer. »Mami ist am anderen Ende der Leitung«, erklärte ich, »und spricht über die Vorteile des Satellitenfernsehens.« Ich rollte in komischer Verzweiflung die Augen. »Sie deutet sogar an, daß sie zu Besuch kommen möchte.«

Arthur ging zum Fenster hinüber und zündete sich eine Zigarette an. Er sah sehr angespannt aus.

Ich sagte: »Hör mal, Mami, dieser Anruf kostet dich deinen ganzen Gewinn. Kann ich dich nicht zurückrufen?«

»Sofort? Ich habe nämlich wenig Zeit.«

»Es dauert nur eine Sekunde.«

Ich legte sachte den Hörer auf und ging hinüber zu Arthur. Er stand in einer blauen Rauchwolke. Ich lehnte die Stirn an seinen Ärmel.

»Kim«, sagte er ruhig, »ich glaube nicht, daß ich darauf vorbereitet bin.«

»Hör zu, sie kommt nicht. Sie ... oh, komm, Arthur, du kennst meine Mutter.«

Ich fühlte auf einmal ein unerträgliches Tauziehen zwischen ihnen. Einen Augenblick stand ich nur da und atmete den Geruch seiner Zigarette ein und wußte nicht, was ich tun sollte. »Arthur«, sagte ich endlich, »sie erwartet meinen Anruf. Bist du okay?«

»Mir geht es gut. Wirklich. Ruf an.«

»Ganz sicher?«

Er nickte.

Ich ging nach oben und wählte die Telefonnummer des Wohnwagens.

»Also«, führte meine Mutter den angefangenen Satz weiter, »ich bin dabei, meine Geschäfte zu expandieren. Und da kommt das Satellitenfernsehen wie gerufen –«

Ich konnte Arthur unten auf und ab gehen hören. Ich schloß die Augen und konnte mir vorstellen, wie meine Mutter in ihrem winzigen Wohnwagen herumlief, vor Aufregung leicht errötet, während der Wind draußen unablässig sauste und alles mögliche herumwirbelte – Sand, Kaugummipapier, Papierteller.

»Weißt du, was ich endlich begriffen habe, was mein Fernsehauftritt mich gelehrt hat, ist, daß ich mich mein Leben lang zu sehr von den realen Raum-Querstrich-Zeit-Dimensionen bestimmen ließ. Und was sind die eigentlich?« fragte meine Mutter.

Ich hörte, wie die Hintertür geöffnet und dann geschlossen wurde. Ich ging mit dem Telefon ans Fenster und preßte meine Wange an die Scheibe. Der Garten war pechschwarz. Ich konnte Arthur nicht erkennen, konnte aber sehen, daß von seiner Zigarettenspitze ein Feuerball von Funken ausging, als er an der Zigarette zog.

»Außerhalb dieser Dimensionen«, fuhr meine Mutter fort, »gibt es für mich kein Halten. Kimmy, ich kann mit globaler

Technologie meine Nachrichten, meine Werbeanzeigen über den Satelliten ausstrahlen und erreiche damit –«

Ich schloß wieder die Augen und ließ den Hörer sinken. Die zarte Stimme meiner Mutter erreichte mich trotzdem.

»... Seattle oder Paraguay oder Ohio oder Neu Delhi oder Rom oder Bakersfield oder Calabasas ...«

An dem Abend bereitete Arthur das Abendessen zu, und wir aßen schweigend am Küchentisch und schauten kaum von unseren Tellern hoch. Ich hörte das Klingen unserer Gabeln, das Kratzen unserer Suppenlöffel gegen den Rand der Schalen. Wir zogen uns auf den gegenüberliegenden Seiten des Bettes aus und lasen dann – den Leselampen zugewandt – Rücken an Rücken. In dem Augenblick, als wir das Licht löschten, spürte ich, daß Arthur mich beobachtete.

»Kim, bist du wach?«

Ich starrte an die Decke, ein mysteriöses Flugzeug phantasmagorischer Dimensionen in der mondlosen Nacht.

»Ich denke, wir sollten reden«, sagte er.

Ich wollte nicht reden, ich tat so, als sei ich kurz vor dem Einschlafen.

»Ich weiß, daß du wach bist, Kim. Bitte ... bitte, ich muß mit dir reden.« Ich konnte spüren, wie er sein Gewicht verlagerte und seine Stirn an meine Schulter lehnte. »Es betrifft deine Mutter und mich. Es ist nicht wichtig. Ich will damit sagen, es ist schon lange her. Ich möchte nur nicht, daß du es von –«

Ich drehte mich um. Ich sagte: »Arthur, ich weiß bereits, was du mir sagen willst, ich will es nur nicht laut hören.«

Dann schloß ich die Augen. Ich spürte, daß er weiter sprechen würde, und deshalb tat ich das einzige, von dem ich wußte, daß es ihn abhalten würde – ich verführte ihn. Unsere körperliche Liebe stellte einen sicheren Zufluchtsort dar, den ich jetzt betreten wollte, genau wie man einen dunklen Schrank betritt und sich in ihm versteckt.

Als ich mir ein paar Stunden später sicher war, daß er tief schlief, kroch ich über die Matratze und kuschelte mich an ihn. Sein Körper fühlte sich steif, fast abweisend an und wie von seinen Träumen gekrümmt. Auf dem weißen Kissen sah sein Gesicht angespannt aus. Ich hielt ihn fest und versuchte, ihm durch Telepathie, Traumkommunikation oder den schieren Druck meiner Zellen und Poren gegen seine zu erklären, daß ich immer von ihm und meiner Mutter gewußt hatte und daß es mir aus einem unerklärlichen Grund einfach nichts ausmachte. Was ich von nun an wollte, war einfach nur, mit ihm zu sein.

13

Am Ende des Monats gaben wir es auf, uns vorzumachen, daß ich meine Wohnung in Oakland behalten würde. Wir mieteten einen Transporter und zogen mit meinen Kisten und Büchern die Grapevine hinunter. Immer wenn wir an einem alten Wohnwagenpark vorbeikamen, wo Mutter und ich einmal gelebt hatten, vermied ich es bewußt, darauf hinzuweisen – ich wollte nicht, daß ihr Name immer wieder zwischen uns erwähnt wurde. Aber während der langen Heimfahrt in dem unaufhörlichen Wind, vorbei an den bekannten Wohnwagenparks, und nachdem ich eine alte Frau gesehen hatte, die den Seitenstreifen entlanglief, ging sie mir nicht mehr aus dem Kopf. Selbst als ich mich an mein bürgerliches Leben mit Arthur gewöhnt hatte – wir teilten Socken und T-Shirts, stritten uns darüber, wer zuletzt staubgesaugt hatte, oder lagen still und zufrieden Seite an Seite im Bett –, wußte ich, daß sie da draußen allein war. Es gab vor dem Einschlafen gewisse Momente, in denen ich das Röhren des Freeways vernahm, und plötzlich verloren die Wände unseres gemütlichen Heims jegliche Farbe wie ein Gesicht, aus dem das Blut entweicht, und ich rannte über ein verlassenes Stück Highway auf sie zu, zu einem nicht markierten Fleck am Horizont, wo Pracht und Staub zusammentreffen.

Ich setzte mich ruckartig im Bett auf, und um Arthur nicht zu wecken, schlüpfte ich leise unter dem Wirrwarr der Laken hervor und schlich hinüber zum Fenster. Mein Herz pochte. Arthur merkte immer, wenn etwas schiefgegangen war, und versuchte mich zu trösten, aber so besorgt ich um meine Mutter war, konnte ich nicht sagen, warum. Von außen betrachtet ging es ihr großartig. Ihre *What's My Line?*-Publizität zahlte sich aus. Schließlich hatte sie Searchlight für immer verlassen. Sie hatte eine Affäre mit einem Lastkraftwagenfahrer. Aber am wichtigsten war, daß sie wieder damit anfing, ihr Leben durch die gefilterten Linsen ihres alten Technicolor-Traums zu sehen. Sie sprach sogar davon, die alten Studiointeressen an einer Verfilmung ihres Lebens wieder neu entfachen zu wollen. Nicht nur aus Publizitätsgründen, sagte sie, sondern weil sie fest davon überzeugt war, daß es eine wichtige moralische Lehre aus dieser Lebensgeschichte zu ziehen gab, obwohl sie nicht genau wußte, um welche Lehre es sich handelte. Wenn ihre Parfümbestellungen nachts abgeschickt und das Geld gezählt war, lag sie in Mondlicht gebadet auf ihrem Liegestuhl und sah ihr ganzes Leben am Himmelsgewölbe inszeniert. Jede einzelne Szene, von der ABC-Schützin mit den Knubbelknien bis zur fleißigen Unternehmerin, würde mit dem Geheimnis des Erfolgs und all seinen Spezialeffekten bestrahlt. Dann würde der Mond hinter einer Wolke verschwinden, und ihre Vision, oder wie man es nennen mochte, würde langsam untergehen.

Sie bereiste eine Zeitlang Nevada. Arthur und ich erhielten Postkarten aus Silverpeak, Midas, Goldfield und Vegas. Da sie nicht in der Lage war, teuere, groß aufgemachte Werbung zu machen, überredete sie einen jungen Journalisten, daß er ihr Parfüm in seiner Gesundheits- und Schönheitsspalte erwähnte, verteilte Muster in Bowlingbahnen und Drive-in-Granges, und in einem Augenblick absoluter Inspiration bezirzte sie einen Conférencier einer lokalen Radio-Talk-Show, daß er sie interviewte.

»Wir sind auf Sendung mit der Unternehmerin Gloria Gail. Sprüh-und-Erzähl-Zeit, sehr geehrte Hörer. Sexuelle Anziehungskraft aus der Sprühdose? Wirklich, gibt's so was, Gloria? Die Vögel tun es, Bienen tun es auch, aber Menschen?«

»Selbstverständlich«, sagte meine Mutter. »Überlegen Sie nur einmal. Warum begehrt eine Frau diesen Mann und nicht jenen? Können ein paar Zentimeter Körpergröße, ein paar Jahre mehr oder weniger, ein zurückweichender Haaransatz einen derartig großen Unterschied machen? Ich kann es mir nicht vorstellen.«

Die Telefonleitungen liefen heiß.

Als sie zwei Nächte später zwischen Sparks und Reno dahinraste, schaltete sie das Autoradio ein und hörte plötzlich ihre eigene Stimme – eine ein wenig nasale und nervöse, aber überzeugte und den Wagen erfüllende Stimme. Sie mußte auf den Seitenstreifen rüberfahren, um der Fremdheit des Ganzen ehrfürchtig zuzuhören. Der Mond hing über der rumpelnden Motorhaube. Heiße, mit einem vagen Schillern durchsetzte Windstöße wirbelten um sie herum. Sie kurbelte ihr Fenster herunter und atmete die Wüstenluft ein.

Ihr Imperium reichte jetzt von Truckee bis Yuma, von Lake Pyramid bis zum grauen Pazifik. Es war noch nie so weitläufig gewesen. Als sie bei Abenddämmerung am Rande eines Swimmingpools saß (neuerdings konnte sie sich in teuren Motels in Unkosten stürzen), holte sie die Straßenkarte heraus, um die Eroberungen des nächsten Tages zu planen, und war von dem Riesenausmaß ihrer Leistungen überwältigt.

Sie entschloß sich, Wohnwagen und Auto gegen einen fast neuen Cadillac zu tauschen. »Ich weiß, wir hatten darüber gesprochen, daß ich ihn dir eines Tages überlasse, aber es ist so, daß ich im Augenblick wieder auf der Straße bin, und das schwer zu manövrierende Ding verlangsamt einfach mein Tempo.«

Auf einem Schnappschuß, den sie uns schickte, saß sie auf der Kühlerhaube ihres neuen cremefarbenen Cadillac, den Kopf in den Nacken geworfen, mit wehenden Haaren, eine Hand auf der gepolsterten Schulter eines untersetzten, errötenden Kunden. In der anderen Hand hielt sie für alle Welt sichtbar die tausendste Parfümflasche, die sie in diesem Sommer verkauft hatte. Das Sonnenlicht schien auf die goldene Flüssigkeit und warf prismenförmiges Funkeln auf ihr Armgelenk, ihr Crêpe-Halstuch und ihr strahlendes Lächeln.

Aber drei Abende später ertappte sie sich dabei, wie sie einen begriffsstutzigen Hoteljungen anfuhr, nachdem sie einen Verkauf mit ihm abgeschlossen hatte; der Junge hatte lediglich gefragt, ob sie ihre Rückzahlungsgarantie verlängern könnte. Am nächsten Abend schnitt sie einem einsamen alten Stammkunden das Wort ab, der so oft sowohl wegen ihrer rauhen Stimme und wegen eines Flirts mit ihr als auch wegen des Parfüms angerufen hatte. Sie sagte, daß sie für ihn im Augenblick keine Zeit hätte. Verwirrt und beschämt legte sie auf. Schließlich waren es diese Männer, die sie zu dem gemacht hatten, was sie heute war. Vielleicht war es der Druck, unter dem sie stand, die Erschöpfung des Unterwegsseins, dennoch war sie nicht müde. Ganz im Gegenteil, sie konnte kaum schlafen.

Sie fuhr mit dem Aufzug zum Swimmingpool hinunter. Sie tauchte hinein. Das Licht des Schwimmbeckens erhellte die Welt da unten. Alles sah so unwirklich aus – die Spitzen ihres fließenden Haares, die Ecken des tiefen Endes, der silberne Abfluß. Wasserspiegelungen brachen sich und schwammen entlang der gekachelten Wände. Ihre Lungen dürsteten nach Luft, das Wasser drückte gegen ihre Schläfen, wegen des Wasserdrucks gingen ihre Ohren mit einem Knacken zu: Sie hörte das Summen des Filters, das Trommeln in ihrem Kopf. Und sie wußte wirklich nicht, warum sie sich so unwohl fühlte. Ihr ehemaliger Traum schien abzuebben und ließ sie in diesem glitzernden Schwimmbecken, in diesem leeren Hof zurück.

Sie wurde sich bewußt, daß sie eine Veränderung brauchte. »Ich bin auf der Überholspur an eine Gabelung geraten«, schrieb sie uns später in der Nacht. Sie sagte, sie müsse entweder ihr Tempo verlangsamen und alles ruhiger nehmen oder sie müßte mit mehr Einsatz vielleicht sogar versuchen, ihren lebenslangen Traum einer nationalen Kampagne zu verwirklichen. Sie machte sich eine Liste mit allen Vor- und Nachteilen – Gewinne gegen Schuldposten, Risiken gegen Verluste, Bekanntes gegen Unbekanntes – und fragte Arthur und mich nach unserer Meinung.

Um 23.16 Uhr klebte sie den Brief an uns zu, warf ihn in den Hotelbriefkasten und kletterte ins Bett. Um 23.21 Uhr begannen drei Szenarios in ihrem Kopf zu kreisen. Im ersten sah sie sich zehn Jahre weiter, ihr Haar grau meliert, vielleicht in einem Mercedes-Benz auf den gleichen staubigen Straßen durch dieselben schnuckeligen Dörfer fahren. Im zweiten war es so, als ob der Projektor wild geworden wäre – gläserne Städte tauchten auf und verschwanden wieder, ihre Anzeigen erschienen in vollem Technicolor, sie reiste im Flugzeug, das über den Wolken stets kobaltblauen Himmel streifte. Im dritten waren dreißig Jahre vergangen, und sie war sehr alt. An ihrem Tweedkostüm und ihren braunen Collegeschuhen konnte sie nicht erkennen, ob sie reich oder arm war, erfolgreich oder nicht, aber es spielte keine Rolle. Etwas an der Haltung dieser alten Frau – die Art, wie sie ihren Hals und Kopf hielt – ließ einen erahnen, daß sie nichts zurückgehalten hatte, daß sie wirklich gelebt hatte.

Bis 5.33 Uhr hatte sie sich entschlossen, alles aufs Spiel zu setzen. Sie stand vor den Chiffonvorhängen, starrte die aufgehende Sonne an, ziemlich sicher – nein, *sehr* sicher –, nein, *absolut sicher*, daß sie das Richtige tat. Die klimatisierte Luft schien ein bißchen frischer, ihr Kaffee schmeckte ein bißchen stärker. Die Sonne drang durch die Rollos und bot glänzende Staubmuster dar.

Am Nachmittag entwarf sie auf dem Briefpapier des Hotels ihre erste landesweite Werbung – eine schwungvolle, wissenschaftliche für *The Enquirer*, eine etwas erdverbundenere für *The Star* und drei winzige Kleinanzigen für *Real Detective, Guns and Ammo* und *Penthouse Letters*. Bis Anfang Oktober waren ihre ersten kontinentalen Bestellungen eingetroffen – zehn aus dem tiefsten Süden, eine kleine Anzahl aus dem Mittleren Westen und drei Dutzend aus Oregon und Alaska. Sie stockte sofort ihren Bestand auf. Im November und Dezember lief es viel langsamer, und sie wußte nicht warum. Vielleicht war es der Urlaub oder ein Abflauen in der Wirtschaft? Sie wollte keine Risiken eingehen. Sie verkroch sich in einem Motelzimmer, hielt sich mit Kaffee über Wasser, verfaßte erneut Anzeigen, ließ den wissenschaftlichen Ansatz fallen und strich den mysteriösen Faktor. Aber die Bestellungen für Januar kamen nur tröpfelnd. Und ohne ihre persönliche Note fingen ihre Kunden aus Nevada an, sie einer nach dem anderen zu verlassen (diese Männer waren nicht so sehr von ihrem Parfüm wie von dem Duft ihrer Träume angezogen). Bis Februar bestand ihr Imperium nur noch aus einigen wenigen am Rande von drei Staaten verteilten und weit voneinander entfernten Vorposten – Postfächer und dergleichen.

»Mir ist, als ob ich mich ohne Fallschirm im freien Fall befinde«, schrieb sie uns im Spätmärz. Aber was sie nicht erwähnte, weil sie es selber nicht verstand, war, daß, je schneller sie fiel, desto näher sie dem Absturz kam, sie sich um so lebendiger fühlte. Manchmal, wenn sie wieder und wieder ihre schwindenden Konten durchging, raste ihr Herz so schnell, daß das Blut in ihrem Kopf wie geschütteltes Sodawasser zu schlagen und zu klopfen anfing, und sie konnte fast das Sprudeln drohender Gefahr, das Entzücken der Tiefe spüren. Sonst stand sie, nachdem sie vierundzwanzig Stunden lang Entwürfe ausgeheckt, Pläne geschmiedet und ein Brainstorming gemacht hatte, wenn auch alles ohne den Funken einer Lösung, verschlafen, aber immer noch hoffnungsvoll am Fenster und beobachtete, wie die Sonne über der dunstigen Wüste aufging. Es war das Jahr 1969, und alle sprachen über die bevorstehende Mondlandung. Eine Zeitlang war sie besessen davon, diese Leidenschaft in ihrer Werbung zu verarbeiten – Schwerelosigkeit, Erdanziehungskraft, die strahlende, stromlinienförmige Zukunft. Wenn es mit ihren Parfüms so nicht weiterliefe, hatte sie immer noch die Exklusivrechte für ihre Maschine zur Gewichtsabnahme, und bestimmt würde sie einen Weg finden, diese Werbung dafür einzusetzen.

Jeden Abend saß sie unter dem riesigen Himmelszelt auf der Chromstoßstange ihres Cadillacs und trank eine letzte Tasse Kaffee, überzeugt davon, daß sie gleich eine Eingebung haben würde. Aber die kam nie.

Sie begann wieder, Nevada zu bereisen, fuhr hierhin und dorthin, schlug sich durchs Leben, indem sie verbilligte Flaschen Parfüm aus dem Kofferraum ihres Wagens verkaufte. Jetzt gab es keine besonderen Effekte. Die Straße huschte nicht vorbei, es gab keine schnellen Lösungen, das Radio spielte keine eingängige Melodie (seit Boulder funktionierte es nicht mehr). Sie mußte jede erdrückende Meile in dem ofenheißen Wagen durch die graubraunen Herbstfarben fahren. Und wenn sie an einem am Weg gelegenen Motel ankam, gab es keine sofortigen Verbilligungen, die ihr ein glitzerndes, nierenförmiges Schwimmbecken verschafften. Sie mußte sich eintragen, ihren Koffer zu dem weit entfernten Bungalow schleppen, auspacken, ihre Netzstrümpfe ausziehen, sie in einem Waschbecken mit Musterseife auswaschen, über den Handtuchhalter hängen, sich ausziehen, sich auf der weichen Bettdecke ausstrecken und warten, daß sich die monotone Klimaanlage und die Ruhepause durch den Schlaf einstellten.

Sie verbrachte sechzehn Monate allein. Sie fuhr mit ihrem Cadillac über fünfzigtausend Meilen. Sie übernachtete jetzt in Motels mit Namen wie Kozy Kabins und aß in Truck Stops und Tasty Freezes. Dann rief sie eines Morgens Anfang Juli an, fragte in einem R-Gespräch, ob sie vorbeikommen könnte, um die bevorstehende Mondlandung mit uns zu sehen – vielleicht würde es sie wieder inspirieren. Sie deutete sogar an, ob sie sich möglicherweise auf unserem Sofa ein paar Wochen lag ausruhen könnte. Sie tat unbekümmert und witzelte sogar darüber, daß ihr Arthurs Kochkünste ganz guttun würden, aber ich hörte die Dringlichkeit in ihrer Stimme – und ich wußte, daß trotz meiner Versuche, es zu verbergen, sie das Zögern in meiner Stimme gehört haben mußte.

Arthur und ich lebten uns immer noch ein. Wenn wir allein waren, waren wir unglaublich glücklich. Ein gemeinsames Essen, im Haushaltswarenladen Fliegengitter aussuchen gehen, die Form seines Unterarms auf dem Kissen neben mir, erschienen mir immer noch erstaunlich. In Gesellschaft fühlten wir uns eigenartig und unwohl. Bei einem Abendessen hatte die Frau eines Arbeitskollegen von Arthur allen Gästen ein langstieliges Glas Martini angeboten und gab mir dann einen Becher Milch. Ein anderes Mal kam eine alte College-Freundin von mir vorbei und begrüßte Arthur mit »Papa«. Ich wußte nicht, ob ich außerdem die exzentrische Anwesenheit meiner Mutter ertragen konnte.

Ich sagte: »Hallo, Mami, laß uns uns wie in alten Tagen in Vegas treffen. Nur du und ich. Ich lade dich ein. Ich verdiene jetzt ganz gut.« Ich verkaufte naturwissenschaftliche Ausrüstungen an lokalen Schulen. »Wir könnten die Mondlandung auf dem Riesenbildschirm beim Nugget verfolgen. Ich bin sicher, die Buchmacher haben verschiedene Wetten laufen.«

»Ich überlege, ob Neil Armstrong beim ersten Schritt stolpert oder nicht«, sagte meine Mutter leise.

»Das Treffen in Vegas ist nur so eine Idee, Mami«, sagte ich und hielt den Hörer in der Faust und betete heimlich, daß sie »ja« sagen würde.

Eine Sekunde lang sagte sie überhaupt nichts.

»Nun, ich denke, das wäre okay. Sicher. Warum auch nicht?«

Ich konnte an der Betonung in ihrer Stimme hören, wie tief enttäuscht sie war.

»Und überhaupt hat es wahrscheinlich sein Gutes«, fuhr sie fort. »Man weiß nicht, wann das Geschäft wieder anzieht.«

Ich sank aufs Sofa und lehnte den Kopf an die Polster. Wir wußten beide, daß ihr Geschäft nie wieder »anziehen« würde.

Ich legte auf. Ich besprach die Sache mit Arthur. Ich rief sie wieder an und lud sie zu uns ein. Ich kaufte ihr sogar ihr erstes Erste-Klasse-Ticket. Ich stellte mir vor, daß ich, wenn ich mich mit ihr zusammensetzen und mit ihr reden könnte, wüßte, was zu tun sei.

Drei Stunden vor der Mondlandung rief sie an, um mitzuteilen, daß sie sowohl gute als auch schlecht Nachrichten hatte. Sie würde es zur Mondlandung wegen eines ihrer Koffer nicht schaffen – nun, nicht direkt eines Koffers, mehr einer Kiste, die sie mit Isolierband zugeklebt hatte –, die war entweder verlorengegangen, gestohlen, oder vielleicht war das zerbrechliche Ding einfach während des unruhigen Fluges auseinandergeborsten. Wichtig war, daß es nichts ausmachte. Wichtig war, daß sich wieder endlich eine Gelegenheit bot. Sie reiste erster Klasse mit all den Erste-Klasse-Vorteilen – gutes Essen, kostenloser Champagner *und* einer Gepäckversicherung. Während sie und ein Flughafenangestellter nach der verlorengegangenen Kiste suchten, war ihr Flugzeug bereits abgeflogen. Das war für sie kein Problem, weil sie jetzt wahrscheinlich ihre Kiste nie wiederfinden würden. Und sie konnte sich sowieso nicht erinnern, was in der Kiste war. Was sie von Arthur und mir brauchte, waren

Quittungen für »sehr hochwertige Kleidung und Schmuck und ausländische Kameras und eventuell sogar Golfschläger –«

»Mami, hör auf. Ich weiß nicht, ob dies die gute oder die schlechte Nachricht ist. Wo steckst du?«

Sie saß am Flughafen Idyllwild fest. Wegen eines ungewöhnlichen Hagelsturms flogen heute nacht keine Flugzeuge mehr ab. Ich mußte sie mit dem Auto abholen. Sie würde mich in der Ankunftshalle treffen. Sie war sehr enttäuscht, daß sie die Mondlandung nicht mit uns sehen konnte, und erwog, die Fluggesellschaft auch dafür auf Schadensersatz zu verklagen. Das Wichtigste war, wenn ein Versicherungsangestellter von der Fluggesellschaft anrief, sollten wir ihm sagen, daß sie Quittungen hätte.

Ich legte sachte den Hörer auf.

»Ist alles in Ordnung?« fragte Arthur.

»Es ist alles in Ordnung«, sagte ich, »ich hole Mutter in Idyllwild ab.«

»Kim, das ist eine Fahrt von über drei Stunden. Warum kann sie keinen anderen Flug nehmen?«

»Es gibt keine anderen Flüge«, sagte ich.

Er wollte seine Autoschlüssel holen, aber ich hielt ihn davon ab.

»Arthur, ich glaube wirklich, ich sollte allein fahren.«

In den Bergen um Idyllwild regnete es – auf einer Höhe von ungefähr fünftausend Fuß begannen vereiste Büsche wie riesige Schneeflocken aus dem Dunkel zu wehen, und auf einer Höhe von sechstausend Fuß bedeckte eine zerbrechliche Schicht Schneeregen den Highway und den Sand. Ich fuhr auf dem winzigen Flughafen hinter den Greyhound Bus, der mit Rauhreif bedeckt war, und parkte in seinen blauen Abgasen. Es war 2.58 Uhr morgens, und der Ort war außer einem halben Dutzend Soldaten und meiner Mutter praktisch ausgestorben.

Sie saß allein neben dem Gepäckband und starrte gespannt in den schwarzweißen Münzfernseher. Ihr rechter Fuß klopfte, ihre Augen waren zu schmalen Schlitzen geworden, ihre Hände lagen gefaltet in ihrem mit Jeansstoff bedeckten Schoß neben einer Rolle Vierteldollars. Ich wußte nicht, was gerade lief, aber an ihrem Gesichtsausdruck konnte ich ablesen, daß es die Mondlandung war. Um sie herum waren auf dem Fußboden neben ihren Füßen Plastiktaschen, Pappkartons, ein khakifarbener Matchbeutel, drei Samsonite-Koffer und ihr flamingofarbenes Make-up-Täschchen verstreut – es sah nicht aus wie die Kleidung für zwei Wochen, sondern wie alles, was sie besaß.

Ich schlich von hinten an sie heran und legte eine Haarsträhne hinter ihr Ohr. »Bist du von der Mondlandung beeindruckt, Mami?« flüsterte ich.

»Oh, ›beeindruckt‹ ist nicht das richtige Wort, Kimmy«, seufzte sie. »Es ist erstaunlich.« Ohne sich umzudrehen, klopfte sie auf den Sitz neben sich: Ihr Armgelenk war mit Kupferreifen behängt, ihre Bräune sah so dauerhaft aus wie eine Tätowierung.

Ich setzte mich neben sie.

»Weißt du«, sagte sie, und ihr Blick war immer noch auf den kleinen Bildschirm gerichtet, wo eine schlaff herabhängende Fahne an einem Stahlmast neben einem silbernen Raumfährenbein schief im Boden stak, »du weißt, wie ich mich immer als Fremde, wie ein Marsmensch fühle, wenn ich in Amerika bin –«

Ich sagte, daß ich das wüßte.

»Nun, ich fühle mich immer noch nicht dazugehörig, und mir wird immer noch übel bei dieser ganzen Sternenbanner-Routine, aber ich muß sagen, als Neil Armstrongs Stiefel Mondstaub berührte, war ich stolz, ein homo sapiens zu sein.«

»Es tut mir leid, daß ich diesen Moment mit dir verpaßt habe, Mami.«

»Na, das ist in Ordnung, Kim.«

Wir umarmten uns.

Dann lehnten wir uns aneinander und beobachteten die Astronauten bei ihrem schwerelosen Menuett auf der pockennarbigen Mondlandschaft, bis ihre Vierteldollars alle waren.

Ich trug ihre Sachen zum Auto hinaus.

»Haben sie jemals deine Kiste gefunden?« fragte ich und schloß die Tür auf.

»Mmmh?«

»Deine verlorengegangene Kiste? Hat man sie wiedergefunden?«

Sie schüttelte geistesabwesend den Kopf und glitt dann auf den Beifahrersitz. Sie schien nicht weiter an ihrer Kiste interessiert zu sein.

Ich löste die Handbremse, und wir fuhren auf den glasklaren Highway.

»Das war doch wirklich was, nicht wahr, Kim?«

Ich sagte, ja. Ich sagte, ich wollte das Thema nicht so schnell wechseln, aber vielleicht sollten wir eine Weile über sie sprechen ... über ihre Zukunft und alles.

»Sind wir nicht auf der Route vierundsiebzig?«

»Ich denke schon.«

»Sind wir früher nicht auf dem Wege nach Indio durch diesen Canyon gefahren?«

»Ich glaube schon. Mami, hör mir zu –«

»Erinnerst du dich an die Nacht ... Gott, es muß schon über zwanzig Jahre her sein, Kimmy ... Wir fuhren hier entlang, wahrscheinlich genau auf diesem Abschnitt des Highways, und wir sahen einen Ring von Menschen, mit Teleskopen und Kindern?«

»Mami, ich –«

»Ihre Campingbusse und Anhänger waren in einem Kreis geparkt, und sie hielten sich an den Händen.«

»Mami, wirklich, ich erinnere mich nicht.«

»O komm, Kimmy. Du wolltest unbedingt mitmachen, denn du warst gerade in einer Phase, wo du unbedingt ein Camp Fire Girl oder ein Brownie oder so etwas werden wolltest, und du hofftest, daß diese Leute die Wohnwagenpark-Koalition wären.«

»Weißt du, du hast recht. Ich erinnere mich.«

»Und dann haben wir angehalten und sind auf sie zugegangen, und sie waren alle nachweislich verrückt.«

»Das fand ich nicht.«

»Du kannst mir glauben, Kim, du warst noch ein kleines Kind. Das war eine Gruppe von UFO-Anhängern.«

Ich mußte sie zweimal anschauen. »Bist du jetzt nicht ein bißchen heuchlerisch, Mami? Ich erinnere mich an all die vielen Nächte, als du den Himmel mit deiner Brownie-Kamera abgesucht hast, nachdem im Fernsehen durchgesagt worden war, daß in dieser Gegend seltsame Lichter gesehen worden waren?«

»Das war nur aus finanziellen Gründen. Weißt du, wieviel die Boulevardzeitungen für Schnappschüsse einer fliegenden Untertasse zahlten?«

»Komm schon, Gloria, gib es zu. Du hast daran geglaubt!«

»Okay, in Ordnung, ich war für die Idee empfänglich, das war alles. Genau das will ich damit sagen, Kim. Darf ich meine Geschichte beenden?«

Ich kurbelte mein Fenster herunter. Die kalte Wüstenluft wehte herein. Ich atmete tief durch. »Erzähl weiter von der Nacht.«

»Wie bereits gesagt, die Verrückten standen alle händehaltend in einem Kreis. Und ihre Wohnwagenlichter kreuzten sich und formten eine eigenartige geometrische Figur. Ich glaube, das hieß ›Willkommen‹ auf venusisch oder jupiteranisch. Du sprangst auf und ab, du warst so aufgeregt, und ich muß zugeben, es war ziemlich schwierig, sich von dieser Leidenschaft nicht anstecken zu lassen. Ich will damit sagen, stell dir dreißig nach oben gerichtete, erwartungsvolle Gesichter vor, die alle darauf hoffen, aus ihrem Alltagsleben enthoben zu werden. Als ich heute nacht die Astronauten auf dem Mond sah, endete für mich eine Ära. Ich möchte bei dir und Arthur einziehen. Ich will damit sagen, daß ich mir nicht länger etwas vormachen kann, Schatz. Niemand kommt meinetwegen.«

14

Ich fuhr auf die Standspur und bremste ruckartig. Ich stellte den Motor ab und machte die Scheinwerfer aus. Die Morgendämmerung nahte in grauen Abstufungen und verwandelte den wehenden Sand in schillernde Asche.

Ich stützte meinen Kopf auf die Rückenlehne des Schalensitzes und wandte mich meiner Mutter zu. Angesichts ihrer kurzen Aufmerksamkeitsspanne hatte ich nur ein paar Minuten Zeit, um mich verständlich zu machen, und es war wichtig, daß sie mich verstand.

»Mami«, sagte ich, »du kannst nicht bei Arthur und mir einziehen. Ich würde alles für dich tun, dir auf jede erdenkliche Art helfen, aber –«

»Es war nur ein Vorschlag«, sagte sie. Ihr Blick wanderte aus dem Fenster zu einem winzigen rosaroten Staubteufel, der den sandigen Highway entlangeilte. »Ich habe alle möglichen Pläne und nicht nur eine Versicherungsnummer. Ich will damit sagen, daß es nur eine Ablenkung ist, Kimmy, um mich bei Laune zu halten, bis etwas Besseres passiert.«

»Mami, bitte hör mir zu. Wenn du Geld brauchst, gebe ich dir, so viel ich kann, aber während du bei Arthur und mir bist, mußt du deine ... deine Geschäftspläne für dich behalten.«

»Willst du damit sagen, daß ich nie eine Idee mit dir besprechen kann, Kimmy? Du weißt, wie sehr ich dich schätze.«

»Es geht nicht um mich, Mami, du kannst sie mit mir besprechen.« Ich gab bereits nach. »Aber bitte laß Arthur außen vor. Bitte.«

»Ich verstehe, Kind, das ist schon gut.« Sie blinzelte und starrte auf den Fußboden. »Ich bin nicht blöd.«

Ich schaltete die Zündung an, und wir fuhren schweigend weiter. Als wir nach Calabasas kamen, begann ich nervös, ihr alle hiesigen Attraktionen zu zeigen – unseren Gemüsehändler, unsere Vierundzwanzig-Stunden-Wäscherei, unser Lieblingscafé – alles, nur um das Schweigen zu brechen.

»Flipp bloß nicht aus bei so viel Nachtleben«, sagte sie ruhig.

Ich wußte, dies war ihre Art, Frieden zu schließen.

Ich fuhr in die Garage. »Geh schon rein, Mami. Ich bringe deine Taschen nach.« Ich beobachtete sie, wie sie zögernd den Gartenweg entlangging. Dann saß ich einen Augenblick lang in der Dunkelheit.

Bis ich all ihre Kisten und Taschen hereingeschleppt hatte, saß sie in einer Ecke des Sofas – die Schultern vornübergebeugt, blinzelte sie mit zusammengekniffenen Augen auf den sonnenbestrahlten Bücherschrank, dann auf den roten chinesischen Läufer, dann auf den bernsteinfarbenen Kaffeetisch aus Glas (mit winzigen, darauf tanzenden Spiegelungen ihrer kupfernen Armreifen).

»Sieht nobel aus«, sagte sie. Sie hob einen marmornen Aschenbecher hoch, wog ihn in der Hand und setzte ihn dann vorsichtig ab. »Ihr habt sogar Nippes.«

Ich nickte.

Arthur schlurfte aus unserem dunklen Schlafzimmer und blinzelte in das Sonnenlicht, knotete seinen karierten Morgenmantel zu, rieb sein linkes, verschlafenes Auge mit dem Handrücken.

»Hallo«, sagte meine Mutter und stand auf. Sie hatte ihn fast acht Jahre lang nicht gesehen.

»Gloria.« Er lächelte und sah sie neugierig, warm und ein bißchen nervös an. »Mein Gott, Gloria«, sagte er und schüttelte seinen Kopf.

Sie fuhr sich mit der Hand durch die fliegenden Haare.

»Du siehst großartig aus.«

»Komm«, seufzte meine Mutter und rollte die Augen. »Führ

nicht eine Person an der Nase herum, die normalerweise andere an der Nase herumführt. Ich sehe schrecklich aus.« Aber ich konnte sehen, daß sie sich geschmeichelt fühlte.

Sie umarmten sich verlegen, standen dann jeder in seiner neuen unglaubhaften Rolle rechts und links neben mir und warteten darauf, daß ich die Situation entspannte.

»Möchte jemand einen Kaffee?« fragte ich. »Mensch, ich könnte wirklich einen gebrauchen.«

»Nein, danke«, sagte meine Mutter. Verstohlen umarmte sie wieder Arthur, dann mich, dann nochmals ihn. »Ich bin schon aufgedreht genug. Sagt mal, ihr habt nicht zufällig Valium?«

Arthur lachte. »Das einzige, was wir haben und dem am nächsten kommt, ist leider Kräutertee, Gloria.«

»Entschuldigt«, sagte sie und blickte wieder uns beide an, »ich rühre das Zeug nie an.«

Ich ging in die Küche, stellte die Kaffeemaschine an und wartete auf ihr Geblubber und Gezische. Durch die offenen Lamellentüren konnte ich den blauen Rauch von Arthurs Zigarette sehen, den hauchfeinen Schimmer der netzbestrumpften Knie meiner Mutter. Sie war wieder auf das Sofa gesunken, schlug immer wieder die Beine übereinander und sprach in einem angeregten Flüsterton mit Arthur.

Ich ging an die offene Tür und hörte zu.

Sie rauchte eine Zigarette und erzählte Arthur von ihrem Mißgeschick am Flughafen und ihrer verlorengegangenen Kiste und wie dringend sie rückdatierte Belege benötigte (was sie von ihm eigentlich brauchte, waren eventuell herumliegende Kassenzettel für Luxusgüter, die gut in eine eineinhalb mal zwei Meter große Kiste passen). Arthur hörte mit befremdeter Faszination zu.

Ich wollte sie umbringen.

Nach einer Weile kam Arthur in die Küche und wunderte sich, wo ich geblieben war.

»Ich werde sie bitten abzureisen«, sagte ich. »Ich bin wütend.«

»Kim« – er legte seine Arme um mich – »was erwartest du von ihr? Sie hat Angst. Sie greift nach Strohhalmen.« Er drückte seine Stirn an meine. »Es ist nur für zwei Wochen. Wir werden es überleben.«

Ich befreite mich aus seiner Umarmung, schenkte mir eine Tasse Kaffee ein, ging dann zurück ins Wohnzimmer und setzte mich ans andere Sofaende. Ich sah gebannt auf den aus meiner Tasse aufsteigenden Dampf und sprach kaum mit ihr. Nachdem Arthur zur Arbeit gegangen war, schleppte ich ihre Sachen ins Arbeitszimmer, klappte die Schlafcouch auseinander und wählte ein paar Kissen und Laken für sie aus. Ich schlug vor, daß wir beide zu Bett gehen sollten.

Ohne mich anzusehen, streifte sie ihre kupfernen Armreifen ab, zog ihre Sandalen aus und schälte sich aus ihrem zerknitterten Rock. »Ist es okay, wenn ich später noch wasche? Keine Sorge, ich kümmere mich selbst um meine Wäsche.«

Ich sagte, natürlich, und schloß die Tür hinter mir.

Ich versuchte, etwas zu schlafen, aber zwischen meiner Mutter und dem Kaffee lag ich da, und mein Gehirn schien anzuschwellen. Da ich es nicht länger aushielt, ging ich gegen Mittag ins Arbeitszimmer zurück, um zu sehen, was sie machte.

Sie schlief mit geöffnetem Mund, auf der Seite liegend, und ihre von der Hitze feuchten Haare klebten an der Stirn. Über ihr hingen die gerahmten Entwürfe von Arthurs Flugzeugen (ich hoffte nur, daß sie nicht ihre Träume inspirierten) und um sie herum standen Pappkartons mit geöffneten Klappen, deren Inhalt im ganzen Zimmer verstreut herumlag – ein Berg T-Shirts auf Arthurs Schreibtisch, ein Paar Caprihosen hingen über dem Stuhl, ihre Sandalen lagen neben den Messingrollen der Schlafcouch. Ich setzte mich auf den Bettrand und schaute sie mit banger Liebe an und hatte gleichzeitig das beängstigende Gefühl, daß, sobald diese Pappkartons geöffnet und ausgepackt waren, diese nie wieder verschlossen werden konnten, und selbst wenn ich, auf Hände und Knie gestützt, faltete und faltete und faltete, ihre Sachen würden nie wieder hineinpassen, und daß ich nie von ihr frei sein würde.

Zwei Wochen vergingen, und trotz all meiner Bemühungen schien sie außerstande, abzureisen. Manchmal saß ich die ganze Nacht durch mit ihr wach und versuchte, sie mit ihrer alten Kraft und ihren Sehnsüchten zu füllen, um dann festzustellen, daß sie mir überhaupt nicht zuhörte, sondern ausgestreckt auf der Couch lag und sich vom Lärm des Freeways ablenken ließ. Sie *sagte*, daß sie sich Ideen ausdachte – etwas über ein Vitamin, das das Erinnerungsvermögen stärkt, eine Nachtcreme, die die Brust vergrößert –, aber jedesmal, wenn sie eine ihrer Geschichten an mir ausprobierte, stolperte sie über einen unwesentlichen Punkt, und ihre Augen wurden trübe, ihr diffuser Blick der Verwunderung verschwand.

Ich wollte Arthur nicht hineinziehen, aber ich wußte weder aus noch ein und bat ihn, mit ihr zu sprechen, um mich vorübergehend abzulösen. Es trat zwar nicht sofort eine große Veränderung bei ihr ein, aber nachdem sie mit Arthur gesprochen hatte, schien sie ein bißchen wacher, ein bißchen weniger deprimiert. Ich konnte nicht sagen, ob mich das traf oder ob ich darüber erleichtert war. Die Frau sprach stundenlang mit ihm, stellte ihm rhetorische Fragen, rief alte Zeiten wach und versuchte, das Enigma ihres Zigeunerlebens zu enträtseln. Manchmal fühlte sich Arthur erschöpft – meine Mutter war vollkommen verzehrend –, aber auf seine eigene ruhige Art glaube ich, daß er ihre Gespräche genoß, als ob er durch das Hinterfragen ihres Lebens in die Lage versetzt würde, sein eigenes von einem Standpunkt aus zu betrachten, den ich ihm nicht liefern konnte.

Ich wollte mich nicht einmischen, aber ich wollte auch nicht, daß sie ihn überwältigte – und wenn sie nicht daran gehindert wurde, konnte meine Mutter jedem den Atem verschlagen.

Als ich eines Nachts hinunterging, um mir ein Glas Wasser zu holen, hörte ich sie in der Küche mit ihm sprechen. Es war Viertel nach eins. Da ich mir nicht vorstellen konnte, über was sie stundenlang sprach, schlich ich mich an die Lamellentüren und legte mein Ohr an den Türspalt. Meine Mutter sprach mit leisem, hypnotischem Gemurmel und versuchte, Arthur in einen ihrer verrückten Pläne hineinzuziehen (eine Handlung, die nach meinen Hausregeln streng verboten war), und Arthur hörte ihr geduldig zu. Einen Augenblick lang stand ich da und zitterte auf dem kalten Linoleum. Dann riß ich die Tür auf.

»Ich kann es einfach nicht glauben, daß du mir so etwas antust, Mami.«

»Was?« Sie blickte über Arthurs Schulter und zuckte mit den Achseln.

»Arthur in einen deiner total verrückten Pläne hineinzuziehen.«

»Es ist keine Betrügerei, Kim. Es ist ein Börsentip.«

»Das reicht. Raus mit dir!«

»Kim, bitte«, sagte Arthur.

»Dies ist zwischen meiner Mutter und mir.«

»Ich habe kein Auto.«

»Du kannst zu Fuß gehen.«

»Kim,« sagte Arthur, »es ist nichts Schlimmes passiert.«

»Es ist eine ganz legale Aktie«, beharrte meine Mutter.

»Ich versteh dich nicht, Mutter, wirklich nicht. Liegt dein Leben nicht schon in Trümmern, mußt du auch noch meines in Trümmer legen?«

Sie sah unglaublich verletzt aus.

»War das wirklich nötig?« fragte Arthur.

»Warum, verdammt noch mal, ergreifst du ihre Partei?«

»Ich ergreife gar keine Partei. Ich –«

»Weißt du, Kim, es mag dich vielleicht überraschen, aber ich bereue nicht, wie ich mein Leben gelebt habe. Na schön, ich bin traurig darüber, daß ich all mein Geld verloren habe, und ich bin verdammt traurig, daß ich den Wohnwagen verschachert habe, aber davon mal abgesehen, tut es mir nicht leid.«

»Mami, sei mal bitte still! Du hast kein Recht, Arthur in noch eine deiner lächerlichen, hoffnungslosen Betrügereien hineinzuziehen. Das war meine einzige Regel. Eine einzige verdammte Regel, Mami, und du konntest sie nicht befolgen.«

»Kim, du brauchst nicht auf mich aufzupassen«, sagte Arthur. »Wirklich, ich kann sehr gut selber auf mich aufpassen.« Er stand auf und drückte seine Zigarette aus.

»Diese Frau hat dich schon einmal mit ihren verrückten Plänen und ihrem unaufhörlichen Gerede und ihren Flugzeugen fortgetrieben –«

»Ich bin fortgegangen, weil ich mich in dich verliebt habe!« Und er marschierte über das Linoleum und warf die Tür hinter sich zu.

Meine Mutter schaute zu mir auf und trank dann ihren Kaffee aus. Ich drehte mich um, ging ins Wohnzimmer und ließ mich auf das Sofa fallen. Nach einer Weile kam sie herein und setzte sich zu mir.

Keine von uns beiden sagte ein Wort. Meine Augen waren geschlossen, aber ich wußte, daß sie an ihren roten Keramiknägeln schabte, ich erkannte das vertraute Kratzen, das kalkige, spröde Graben.

»Kimmy.«

»Was?«

»Glaubst du wirklich, daß ich eine Verliererin bin?«

»Mami, bitte.«

»Das ist mir wichtig.«

»Ich glaube nicht, daß du eine Verliererin bist.«

»Warum mußtest du mich vor Arthur anschreien?«

»Mami, ich –«

»Wir fingen gerade an, unsere Beziehung wieder aufzubauen. Es ist schwer genug, Dritte im Bunde zu sein.«

»Es tut mir leid«, sagte ich, »es ist nur, als ich hörte, daß du ihn in einen deiner Pläne hineinziehen wolltest« – sie betrachtete mich sehr genau – »Geschäftsunternehmungen, dachte ich ... Ich weiß nicht, was ich dachte, Mami. Ich will ihn nicht verlieren.«

»Nun ja, wahrscheinlich habe ich ihn früher ein bißchen verrückt gemacht.«

»Glaub mir, Mami, du bist nicht die einzige.«

»Wenn du willst, daß ich morgen abhaue, gehe ich.«

»Vergiß es.«

»Es kann ein bißchen dauern, bis mein Geschäft wieder geht.«

»Ich weiß.«

»Willst du, daß ich nach oben gehe und mit ihm spreche, Kimmy?«

»O Gott, Mami, nein«, sagte ich. »Ich werde mit ihm sprechen.« Dann beugte ich mich über sie, küßte ihre lederne Wange und ließ sie in dem dunklen Wohnzimmer allein auf dem Sofa sitzen.

Arthur lag bäuchlings im Bett, den Kopf in den Armen. Ich streckte mich neben ihm auf den kalten Laken aus, einen halben Meter von ihm entfernt. Dann ließ ich meine Hand unter sein Baumwoll-T-Shirt gleiten. Er sagte nichts. Er legte einfach seine Hand auf meine Hand und drückte sie gegen seine Brust.

Wir gewöhnten uns an eine Routine. Meine Mutter stand zuerst auf und machte die Kaffeemaschine an. Wenn sie beim Frühstück die Boulevardzeitungen las, besprach sie sie weder mit Arthur noch mit mir. An zwei Abenden in der Woche besprach ich ihre Ideen mit ihr, aber darüber hinaus blieb das Thema Geschäft außen vor. Anfang November kam ich eines Abends spät nach Hause und öffnete die Pforte zum Garten und hörte sie schon wieder darüber sprechen. Ich ging in die Richtung, aus der ihre kratzige Stimme kam, mir selber unsicher, was ich tun sollte. Die Terrasse war leer. Die Nacht war mondlos. Ich preßte mein Auge gegen die rostige Fliegenschutztür und konnte nur Arthurs gebeugten Hinterkopf erkennen und ein paar Meter entfernt davon, von der Eßzimmerlampe dramatisch erhellt, meine Mutter und ihre flinken Hände – nach vorne schießend, Gesten beschreibend, dem luftigen Nichts Form und Gewicht verleihend. Der Wind klopfte unabläßlich gegen die Fliegenschutzscheibe, verwischte meine Sicht und verlieh dem Moment eine flatterige Zeitlosigkeit, ähnlich wie die ruckartigen Bewegungen in alten Stummfilmen. Ich konnte nicht auseinanderhalten, ob es der Rost war oder der Wind oder das Gefühl ausgeschlossen zu sein, aber Arthur und meine Mutter sahen unerträglich alt aus.

Ich tat einen Schritt zurück, sank in die Hängematte und schloß die Augen. Einen Augenblick lang, als ich in dem Netz aus Seilen hing, hatte ich das beunruhigende Gefühl, daß der schwierigste Teil meines Lebens noch nicht begonnen hatte. Und dann ging alles schief, wie in alten Slapstickfilmen. Ich setzte mich aufrecht hin, um sie wissen zu lassen, daß ich zu Hause sei, und fiel versehentlich aus der Hängematte, stürzte auf die Füße, aber weil der Wind zunahm und der Mond nicht schien, sahen und hörten sie mich nicht. Ich stand allein im dunklen Garten und schaute hinein.

Als ich in jener Nacht neben Arthur lag, wollte ich unbedingt mit ihm darüber sprechen, was ich zuvor gesehen hatte – nicht über den erneuten Verschwörungsversuch meiner Mutter, sondern über den Augenblick, als ich mir durch eine zufällige Kombination von Rost und Wind und schiefem Fliegenschutz nichts mehr vormachen konnte.

Statt dessen sagte ich: »Weißt du, wir werden sie wahrscheinlich nie wieder los.«

»Dieser Gedanke ist mir auch schon gekommen, Kim.«

»Bist du nicht verärgert?«

Er stützte sich auf seinen Ellbogen. »Um ganz offen zu sein, ich konnte mir nie das Szenario vorstellen, wo wir sie an den Rand der Wüste fahren und sie dann für immer dort aussetzen.«

Ich zwang mich zu lachen. Dann sank ich ein bißchen tiefer unter die Decken und sagte: »Arthur, hast du jemals ein Gefühl drohender Gefahr? Ich weiß nicht ... wie, daß wir drei über einer defekten Leitung leben oder in der Fallinie eines herabstürzenden Meteors?«

Er lächelte und schaute mich neugierig an.

»Denn manchmal wache ich nachts auf, Arthur, und denke, daß es da etwas gibt, was ich vergessen habe zu tun, um uns zu beschützen – das Gas abzudrehen, die Tür abzuschließen, die Reflektoren aufzustellen.« Ich drehte mich um und betrachtete die Wand. »Hast du nicht das Gefühl, daß ich dir etwas kaputtmache?«

»Kim«, sagte er und nahm mich in seine Arme, »ich weiß nicht, wovon du sprichst. Hast du nicht bemerkt, wie glücklich ich mit dir bin?«

»Komm, Arthur, sei ehrlich. Wenn du mit mir zusammenbleibst, hast du sie am Hals. Und sie wird wahrscheinlich noch schlimmer, je älter sie wird.« Näher konnte ich an das eigentliche Thema nicht heran – die nicht zu leugnende Tatsache, daß *er* alterte.

»Kim, versuch etwas zu schlafen«, sagte er.

Ich zog meine Knie an, rollte mich auf meiner Seite des riesigen Betts zusammen, schaltete das Licht aus und beobachtete, wie sein leuchtender Schein auf der Rückseite meiner geschlossenen Lider verblaßte. Einen Augenblick lang wußte ich, wie es ist, wenn man da draußen in dem kalten blauschwarzen Raum allein ist. Dann drehte ich mich um, legte meine Arme um Arthur, um nicht meinen Zugriff auf etwas Solides zu verlieren.

DRITTER TEIL

Der Dopplereffekt

15

Wenn durch die unendliche Nacht ein Zug auf dich zukommt, ist sein Näherkommen unendlich; du kannst sein Pfeifen und seine Räder schon lange hören, bevor du die silberne Lokomotive siehst. Aber wenn erst einmal die Güterwagen vorbeirattern, ist das, was folgt, unbedeutend; der Zug, sein Pfeifen, die ganze geräuschvolle Karawane verschwindet abrupt in einer Wand voller Dunkelheit. Und genauso schnell wurden alle die älter, die ich liebte.

Wir lebten die nächsten fünfundzwanzig Jahre zusammen (Arthur und ich hatten nicht den Mut, meine Mutter allein rauszuschicken). Um Arthur, dem die Dreieinigkeit nie ganz gefiel, einen Gefallen zu tun, heiratete ich ihn 1973 standesamtlich, und um meine Mutter zu besänftigen, heirateten wir in einer Las Vegas-Kapelle am Straßenrand zu Musik vom Band ihrer Wahl (Ravels Bolero). Ich behielt einen Schnappschuß als Erinnerung, man sieht die Hochzeitskapelle, eine rosafarbene Stuckstruktur mit orangefarbenen Türmen, die Braut und den Bräutigam und die Mutter der Braut links neben den rosafarbenen Stufen der Kapelle – sonnendurchbohrt, ausgebleicht, fast nicht zu erkennen vor der eintönigen, kargen Landschaft (wir lehnen alle zu einer Seite und weichen dem Reis aus, der von zwei bezahlten Trauzeugen auf uns geworfen wird).

Wenn man beobachtet, wie Leute älter werden, dann ist das

Eigenartige, daß man sich ständig mit ihnen vertraut machen muß. Jedesmal, wenn ich von einer Geschäftsreise heimkehre (ich verkaufe inzwischen naturwissenschaftliche Laboreinrichtungen und bin ständig unterwegs), dauert es mindestens ein paar Sekunden, die zwei ältlichen Leute in die Menschen zu verwandeln, die ich liebe. Es ist nicht, daß ich vergessen hätte, wie sie aussehen, es ist nur ... das Gefühl ist bekannt ... man vergißt vorübergehend das passende Wort, eine wichtige Idee, das Gesicht eines lieben Menschen, und nach unzähligen Sekunden, in denen man sein Gedächtnis vor seinem verwirrten geistigen Auge vorbeiziehen läßt, fällt einem eine Ähnlichkeit mit dem Original auf, aber es entspricht nicht ganz den Erwartungen. Natürlich verwandelt sich nach ein- oder zweimaligem Blinzeln der elegante grauhaarige Herr wieder in meinen Arthur und die von der Sonne geschrumpelte alte Dame ... nun ... sie verwandelt sich auf wundersame Weise in meine Mutter. Aber es gibt immer einen Moment unverminderter Traurigkeit, wenn ich aus unserer Haustür gehe und nicht verstehe, warum die Leute, die ich liebe, mich zurückgelassen haben. Erst letzte Woche, als ich von einer Verkaufskonferenz zurückkam, dachte ich, ich könnte es nicht ertragen, dieser Tatsache ins Gesicht zu sehen.

Ich hatte beim Supermarkt angehalten, um eine Coca-Cola zu kaufen. Es war früh am Abend. Ich schlug die Zeit am Zeitschriftenständer tot und wartete darauf, daß der Berufsverkehr abnahm. Überall um mich herum hörte ich das Gummirauschen der Einkaufswagen, die Stimmen von Müttern, Dudelsackmusik, das Läuten der Kassen. Und auf einmal spürte ich, daß ich, wenn ich Arthur und meine Mutter nicht vor dem Altern bewahren konnte, hier in Gang sieben, zwischen den kupfergedeckten Batterien und den Boulevardzeitungen zusammenbrechen würde. Ich griff nach *The Star* (die Lieblingszeitung meiner Mutter) und suchte die Seiten nach Wundern ab, genauso wie ich es als Kind getan hatte. Was hatte ich schon zu verlieren?

Und dann erblickte ich zwischen all den Anzeigen für Mittel gegen Glatzen und den hirnverbrannten Versprechungen für sofortige Schönheit die fundamentale Geschichte aller menschlichen Begrenzung – Frau Robert Fisher, eine Hausfrau aus Azusa, Kalifornien, glaubte, ihren sterbenden Ehemann durch die kontrollierten Träume der Astromedizin retten zu können. Bedeutete dies, daß sie von einer Wunderoperation träumte? Von einem genialen Chirurgen in Grün? Von einer bis jetzt noch nicht getesteten lilafarbenen Pille? Nein. Frau Robert Fisher, seit über vierzig Jahren Hausfrau, träumte, daß ihr Geist jede Nacht in die Adern ihres sterbenden Manns eindrang und auf Knien und Händen mit einer kleinen Bürste und warmen Lösungen die Cholesterolablagerungen von den hunderttausend Meilen seines geschwächten Kreislaufsystems wegschrubbte.

Ich legte die Zeitung zusammen und lehnte mich gegen den kalten Verkaufsautomaten. Als ich in jener Nacht nach Hause kam, fand ich bereits beide schlafend vor – meine Mutter ausgestreckt auf dem Sofa, Arthur oben im Bett. Ohne ihn zu wecken, kroch ich neben ihn und legte mein Herz auf seine Brust, lauschte, und einen verrückten Augenblick lang versuchte ich, von Frau Robert Fisher inspiriert, mir ein sicheres, haltbares Herz vorzustellen – wie die herzförmigen Pralinenschachteln aus Pappe, oder die Satinherzen als Sofakissen, oder das kleine rote hoffnungsvolle Herz, das meine Mutter auf die Etiketten all ihrer Parfümflaschen hatte drucken lassen.

»Ich fühle mich verloren«, sagte meine Mutter am nächsten Morgen. Ich blickte zu Arthur hinüber. Er goß uns Kaffee ein und beugte sich herüber, um mich zu küssen.

»So ist sie, seitdem du gestern weggegangen bist«, flüsterte er.

»Wirklich«, sagte meine Mutter laut, aber in einer ruhigen, verlorenen Stimme, als würde sie mit sich selbst sprechen, »ich überdenke immer wieder mein Leben, und ich sehe nicht, was ich erreicht habe.«

Sie hing auf der Couch, ihre schwachen Knöchel mit ihren Nebenflüssen blauer Venen lagen auf der Fußstütze. Ich setzte mich auf die Armlehne und begann, ihren Nacken zu massieren, den winzigen Isthmus zwischen ihrem verrückten Kopf und seinem alterndem Körper.

»Sei nicht lächerlich«, sagte ich. »Erinnere dich an all deine Ideen.«

»Kim, sie waren nichts als Hirngespinste.«

»Wie war das denn mit der Hundetretmühle? Ich glaube, du hast ein oder zwei verkauft«, sagte Arthur.

»Oh, die habe ich vergessen.«

»Oder deine Dehn- und Bodenakrobatikübungen für ältere Menschen am Strand?«

»Wollte ich nicht danach den Sand mit einem Metalldetektor absuchen?«

»Ich glaube, das hast du getan.«

»Vielleicht«, sagte meine Mutter, setzte sich aufrecht hin und schob eine Strähne ihres fliegenden Haares mit ihrem zarten Armgelenk beiseite, »vielleicht war ich nur meiner Zeit voraus.«

»Du hast immer etwas gesehen, was andere nicht gesehen haben.«

»Und wir dürfen meine aphrodisiakischen Parfüms nicht vergessen.«

»Das dürfen wir auf keinen Fall«, stimmte ich ihr zu.

»Das war meine beste Stunde. Meine *grande vision*. Die Spitze einer Unternehmerkarriere. Ich frage mich, was geworden wäre, wenn ich nicht so ehrgeizig gewesen wäre und darauf bestanden hätte, das Geschäft auf die ganze Nation auszuweiten. Wahrscheinlich trotzdem ein Desaster.«

Sie knabberte an ihren angebissenen Nägeln, ihre glasblauen Augen bewölkten sich.

»Wißt ihr, ich glaube, auf irgendeine Art und Weise habe ich mich immer nach Katastrophen gesehnt. Erinnert ihr euch an die Fallübungen?«

Ich schaute Arthur an. Er zuckte mit den Schultern.

»Das war nach meiner Zeit, Gloria«, sagte er.

»Nun, die Lehrerin rief ›Fallen lassen!‹ und wir Kinder sollten uns zu ihren Füßen auf die Knie fallen lassen. Ihr wißt, ich mache mir nicht viel aus Autoritäten, aber ich ließ mich wie alle anderen fallen und nahm die Haltung einer Flehenden ein. Und ich erinnere mich an einen Tag, an dem ich mich unter mein Pult hockte und nicht auf eine Atombombenexplosion mit ihrer abrupten Vaporisierung hoffte, sondern auf ein langsam anrollendes Erdbeben und die Möglichkeit, daß das Schulgebäude, mein Zuhause, die ganze Nachbarschaft um mich herum wie Kartenhäuser zusammenstürzen würden, und durch die Trümmer hindurch würde ich eine Stimme hören, die Stimme von jemandem, den ich als Kind für wichtig hielt – sagen wir zum Beispiel, einem Feuerwehrmann oder einem Polizeihauptmann –, der unaufhörlich nur nach *mir* rufen würde: ›Wo bist du, Gloria, wo bist du?‹«

Ich machte mir zusehends mehr Sorgen um sie. Sie schien nicht mehr ganz von dieser Welt zu sein. Manchmal unterhielten wir uns zu dritt am Küchentisch, und puff – schlief sie ein, die Ellbogen auf die Formicafläche gestützt, während ihr Kaffee kalt wurde. Sie sah so alt, so gebrechlich und schwach aus, daß ich sofort versucht war, sie zu überreden, sich hinzulegen, aber Arthur hielt mich davon ab. »Es ist nicht nötig«, beruhigte er mich und aß weiter seine Cornflakes, »sie fühlt sich wohl. Sie will nur in deiner Nähe sein, wenn du nicht auf Reisen bist, Kim.« Ich versuchte, zu Ende zu frühstücken, ohne ständig zu ihr hinüberzublicken, wenn sie stoßweise schnarchte, das Kinn locker auf der Brust, die kleinen Schultern nach vorne gebeugt. Und dann schreckte sie genauso plötzlich aus dem Schlaf hoch und nahm das Gespräch in der Mitte des Satzes, mit dem sie aufgehört hatte, wieder auf, und Arthur antwortete ihr.

Oder ich kam spät abends von einer Geschäftsreise zurück und fand sie, wie sie während ihrer *»Wie man im Geschäftsleben erfolgreich ist und gleichzeitig in den Ruhestand treten kann«* – Schallplatte auf Arthurs Liege eingeschlafen war. Eines regnerischen Abends stand die Haustür weit offen, die Nadel sprang, der Kopfhörer saß schief und drückte gegen ihre Schläfen wie für eine Behandlung mit Elektroschocks.

Ich holte ihr eine Decke und entfernte vorsichtig den Kopfhörer.

»Die meisten unter Ihnen ... meisten unter Ihnen ... meisten unter Ihnen«, intonierte eine schwache mechanische Stimme, »haben sich nicht die Zeit geschaffen ... Zeit ... Zeit, um das Leben zu leben, das für sie bestimmt war. Das ist der Grund, warum Sie altern ... Sie altern ... Sie altern ... Sie altern, nichts anderes.«

Oder sie saß mit ihren immer schwächer werdenden Augen, die es ihr unmöglich machten, nachts die Boulevardzeitung zu lesen, und blieb bis in die unchristlichen Stunden wach, sah fern, schlief immer wieder ein, ihre Träume infiltriert von Sondernachrichten und Dokumentardramen über Sex, Söldner, Einsamkeit, Krankheit und Naturkatastrophen, bis jede globale Streitigkeit und Katastrophe ihr wie eine an ihre Person gerichtete Nachricht erschien. Wenn ein Vulkan auf Java ausbrach oder eine Gasleitung im Stadtzentrum von Los Angeles explodierte, träumte sie, daß sie am Rand eines jeden Kraters stand.

Eines Nachts weckte sie Arthur und mich aus dem Schlaf, weil sie schwor, daß sie unser altes Haus, in dem wir nach dem Unfall gelebt hatten, in einer Nachrichtensendung in einem Erdrutsch zusammenbrechen sah; zwar sah die Landschaft anders aus, das ganze Dach war von einer Wand voll Schmutz abgeschnitten worden, aber sie war sich sicher, daß es unseres war.

Und mein geduldiger, toleranter Arthur wickelte sich in seinen karierten Morgenmantel und folgte ihr ins Arbeitszimmer.

Ich blieb eine Zeitlang im Bett liegen. »Arthur«, rief ich, »worüber spricht sie eigentlich?«

»Schwer zu sagen.«

Ich hörte draußen den Regen und das Fernsehen (auf ihre alten Tage hatte meine Mutter die Lautstärke auf betäubende Dezibel gestellt). Und ich hörte einen Knall, der aus dem Fernseher kommen mußte, aber es hörte sich an, als würde sich die Erdkruste öffnen.

»Kim, ich kann es nicht glauben, aber es sieht so aus, als ob deine Mutter recht hätte.«

Ich eilte ins Arbeitszimmer.

Regen lief über den Bildschirm. Eine winzige Figur in einem Regenmantel stand neben dem Reporter und winkte in die Kamera.

»Heute früh wurde das Haus von Mrs Buck mit allem, was sie besaß, fortgeschwemmt«, berichtete der Reporter.

In einer Einblendung unten auf dem Bildschirm sahen wir Mrs Bucks Sofa – eine kirschrote Antiquität mit passenden Sesseln –, wie es unter einer Schlammflut verschwand.

»Genau solche Möbel hätte ich kaufen sollen, als ich Geld hatte«, sagte meine Mutter.

»Dies muß ein schrecklicher Schock für Sie sein, Mrs Buck«, sagte der Reporter.

Die winzige Figur zuckte mit den Schultern.

»Die Leute da draußen denken an Sie und Ihre Familie. Möchten Sie Ihnen etwas sagen?«

»Ich möchte nur sagen, daß Mrs Buck früher an der und der Adresse gelebt hat. Nichts weiter. Nur das.«

»Danke, Mrs Buck«, sagte der Reporter.

»Darf ich noch etwas anderes sagen?« fragte die Frau.

»Natürlich.«

»Überfliegt der Gouverneur Katastrophengebiete nicht in einem Flugzeug?«

Der Reporter sah überrascht aus.

»Vielleicht«, witzelte ich und blickte hinüber zu meiner Mutter, »vielleicht bezieht sich Mrs Buck auf den Phantomjumbojet, Mami«, aber meine Mutter war eingeschlafen, und Arthur nickte auch ein.

»Meinen Sie einen Helikopter, Mrs Buck?« berichtigte sie der Reporter.

»Das spielt keine Rolle. Werden Sie mit ihm fliegen?«

»Das weiß ich nicht.«

»Nun, wenn Sie mit ihm fliegen oder wenn Sie hier mit einer anderen berühmten Person drüberfliegen, erwähnen Sie mich bitte namentlich. Sagen Sie nur, Mrs Buck habe unter dieser Adresse gelebt.«

Ich machte mich dran, aufzustehen und den Fernseher abzuschalten, aber in dem Moment, als ich mich rührte, murmelten meine Mutter und Arthur im Schlaf. So blieb ich stocksteif neben ihnen auf dem Sofa sitzen.

Mein rechter Fuß schlief ein. Dann mein Bein. Dann mußte auch ich eingedöst sein, denn als ich wieder hochblickte, beugte sich meine Mutter nach vorn, die Ellbogen auf den Knien, ohne zu blinzeln, und starrte angestrengt auf den flimmernden Bildschirm – eine winzige Figur wanderte zwischen gespenstischen Trümmern über eine schlammige Landschaft –, und einen Augenblick lang dachte ich vollkommen verwirrt, es wäre immer noch Mrs Buck. Aber nichts erschien bekannt. Es entpuppte sich als ein Dokumentarfilm über die Entdeckung von Pompeji.

Ich konnte mir nicht vorstellen, warum meine Mutter sich so dafür interessierte. Ich blickte über Arthurs schlafendes, zerknittertes Profil auf den Kissen zwischen uns und beobachtete sie, wie sie dem Archäologen Giuseppe Fiorelli mit den Augen folgte, als er über eine Landschaft marschierte, die keinerlei Hinweise bot, und eine mechanische Wünschelrute schwang, die ihrem Metalldetektor nicht unähnlich war. Er stolperte immer wieder über nicht gekennzeichnete Löcher und bohrte in sie hinein. Aber das einzige, was er fand, war die übelriechende, abgestandene Luft vergangener Zeiten, die ihn mit dem rätselhaften Gefühl zurückließ, daß etwas fehlte. Er füllte diese Spalten mit Gips. Er legte den trockenen Abdruck frei, und jeder verhärtete sich in eine menschliche Form, so wie sie gefallen war – eine Frau, die einen geblähten Raum festhielt, als ob sie in ein Kissen weinte, ein Mann mit einem Aschestäubchen, das wie ein Krümel an seinen offenen Lippen hing. Meine Mutter erfaßte, daß diese Stücke, wenn sie gesäubert waren, an Museen versteigert wurden. Aber Giuseppe wußte, und ich weiß, daß das, was die Menschen in den verschlossenen Kammern Pompejis hinterlassen hatten, die unauslöschbaren Spuren menschlicher Gefühle waren.